흔번가지를 들으며

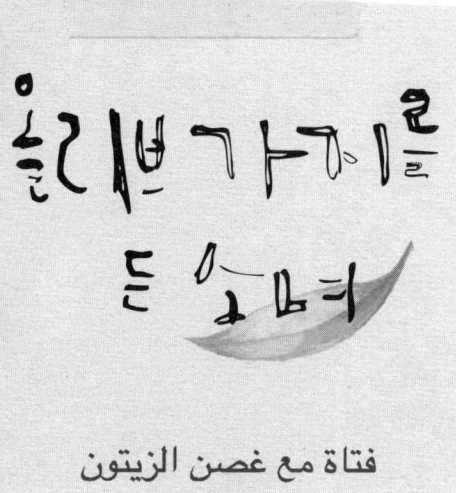

فتاة مع غصن الزيتون

박건·윤태연 지음

양철북

프롤로그

2018년 5월 14일 오후 3시. 정확히 이스라엘 건국 70주년이 되던 날, 예루살렘에서는 미국 대사관 개관식이 치러졌다. 개관식에서 축포가 울려 퍼지는 동안, 가자 지구의 팔레스타인 주민들은 나라 잃은 설움을 토하며 '고향 땅'으로 행진했다.

이스라엘 군인들은 장벽 근처로 나온 팔레스타인 시위대를 향해 실탄을 쐈고, 이날 하루 60여 명이 사망하고 2천 명이 넘는 부상자가 발생했다. 이 중에는 어린이도 포함돼 있었다.

'5월 14일'은 이스라엘에게는 '건국기념일'이지만, 팔레스타인에게는 '알 나크바', 즉 '재앙의 날'이다. 1948년 5월 14일 이스라엘이 건국된 해, 140만 명의 팔레스타인 주민 가운데 약

80만 명이 이스라엘로부터 강제 추방당했고 530여 개가 넘는 마을이 파괴됐다. '데이르야신'이라는 마을의 주민들은 이스라엘 군에 포위되어 15분 안에 퇴거할 것을 명령받았는데, 15분은 도망가기엔 너무 촉박한 시간이었다. 그날, 이스라엘 군인들은 주저 없이 200명이 넘는 마을 주민을 칼과 총으로 학살했다.

이후 반년 동안 팔레스타인 마을 곳곳에서 소위 '인종 청소'라 불리는 대규모 학살이 일어나, 약 만오천 명가량의 팔레스타인 주민이 사망했다. 유대인 학살로 악명 높은 아우슈비츠 수용소에서의 참극이 끝난 지, 채 4년도 지나지 않은 때 벌어진 일이다.

1948년 이스라엘은 1차 중동전쟁으로 팔레스타인의 영토 78퍼센트를 장악하고, 1967년 또다시 공격을 감행해 팔레스타인 영토의 22퍼센트에 해당하는 동예루살렘·서안·가자 지역을 모두 점령했다. 하지만 예루살렘을 중심으로 팔레스타인 지방 전역에 '유대인만의 민족 국가'를 만드는 것이 이스라엘의 최종 목표였기에, 영토에 남은 팔레스타인 주민들을 계속해서 다른 나라로 추방하거나 탄압했다.

이에 대항해 팔레스타인 주민들 또한 포기하지 않고 투쟁했다. 그 결과 두 곳에서의 자치권을 쟁취해 냈는데, 하나는 '가자 지구'이며 나머지 하나는 '서안 지구'이다. 이처럼 팔레스타인이 두 지역으로 나뉜 까닭은, 이스라엘이 팔레스타인 영토의 중간 지점을 점령했기 때문이다. 특히 '가자 지구'는 '지구상에서 가장 거대한 감옥'이라고 불리는데, 이스라엘이 8m가 넘는 장벽으로 가자 지구 국경 전체를 완전히 둘러싸 고립시킨 까닭이다.

가자 지구는 이스라엘의 봉쇄정책으로 전기, 식수, 생필품을 포함한 석유, 기계 장비와 같은 모든 자원이 턱없이 부족하다. 이스라엘군의 포격으로 무너진 건물을 다시 짓기 위한 콘크리트조차 반입이 금지돼 있다. 더욱이 수자원마저 이스라엘이 통제하고 있어 농사를 짓는 것 역시 불가능하다. 이 때문에 가자지구의 실업률은 45퍼센트에 육박하며, 200만 명이 넘는 주민 대부분은 국제기구에서 제공하는 구호 물품에 의존해 살아가고 있다.

이스라엘이 국경 근처 장벽을 철저하게 감시하고 있어 다른 나라로의 탈출도 가능하지 않은 곳 '가자 지구'.

지금, 이 순간에도 이스라엘은 팔레스타인 영토 곳곳에 유대인 정착촌을 세워 땅을 빼앗고 있으며, 가자 지구에서는 독립을 위한 생존 투쟁을 벌이고 있다.

바로, 이곳 '가자 지구'에서 파라의 이야기가 시작된다.

차 례

프롤로그 ··· 04

올리브 가지를 든 소녀 ············· 09

작가의 말 ··· 165
참고자료 ··· 169

1장

"쿵!"

이른 아침부터 묵직한 폭음이 들렸다. 미약한 진동이 온몸을 휘감았다.

"또 죽어 나가겠군……."

신문을 보던 아버지가 꺼져 들어가는 목소리로 말했다.

"쿵! 쿵!"

웅장한 폭음이 이번엔 연속으로 들렸다. 하지만 파라의 가족은 놀라기는커녕, 무표정한 얼굴로 각자 하던 일을 계속했다.

엄마는 냄비에 눌어붙은 생선 비늘을 긁어 대며, 혹여 남편의 심기를 건드릴까 이따금 눈치를 봤다.

파라는 동화책에서 본 흉측한 거인이 마을 어딘가를 내려치고 있는 건 아닐까 상상하며 물었다.

"아버지, 저 소리가 들리면 누군가가 죽나요?"

아버지는 신문에 시선을 고정한 채 짤막하게 대답했다.

"그렇지."

"……왜요?"

"왜라니?"

"왜 사람이 죽는 거죠?"

그는 인상을 쓰고, 약간 격앙된 목소리로 대답했다.

"그거야 악랄한 이스라엘 놈들 때문이지!"

"이스라엘 사람들이 왜요?"

잠시 멈칫하던 아버지는 보고 있던 신문을 신경질적으로 접고선, 파라와 눈을 맞추며 말했다.

"이스라엘 놈들은 우리를 죽이지 못해 안달이 났단다."

"……이스라엘 사람들이 왜 우리를 죽이려는 거죠?"

계속되는 질문에 아버지는 되돌아 앉으며, 자조적으로 말했다.

"이스라엘을 무찌른다고 난리쳐 대는 멍청한 하마스 놈들이 자꾸 시비를 걸어 대기 때문이다."

파라는 고개를 갸웃거렸다. 거리에 붙은 선전물과 TV에서는 '하마스'가 '우리를 보호해 주고 도와주는 착한 사람들'이라고 말했기 때문이다.

결국, 참지 못하고 또다시 캐물었다.

"그 사람들은 우리를 지켜 주지 않나요?"

아버지는 접힌 신문을 펼치려다 말고 잠깐 어린 딸을 흘겨보더니, 다시 신문을 펼쳐 보며 심드렁하게 대답했다.

"쓸데없는 소리 말고, 어서 학교 갈 준비나 해라."

"하지만……"

거실에 싸늘한 침묵만이 차오르자 파라는 풀이 죽어 제 방으로 들어갔다. 그 순간, 지난날 다정했던 아버지의 모습이 떠올랐다.

아버지는 재작년 시위 때 한쪽 다리를 잃었다. 이스라엘군은 그를 무자비하게 폭행했고, 결국 아버지는 평생 절름발이로 살게 되었다. 쩔뚝거리는 걸음 때문에 번번이 직장을 구하는 데 실패한 그는 점점 말수도 줄고, 간혹 내뱉는 말이라곤 세상을 향한 온갖 저주뿐이었다. 목말을 태워 주며 인자하게 웃어 주던 아버지가 떠오르자, 파라는 코끝이 시큰해졌다.

그때, 방으로 다가오는 발걸음 소리가 들렸다. 파라는 재빨리 옷소매로 눈물을 훔치고, 아무 일도 없었다는 듯 책가방을 뒤적거렸다.

곧이어 방문이 열렸고 엄마가 빼꼼 얼굴을 내밀며 말했다.

"파라야, 오늘은 시내로 가지 말고 언덕 쪽으로 돌아서 등교하렴."

파라가 황당하다는 듯 물었다.

"아니, 왜요. 엄마?"

엄마가 젖은 손을 앞치마에 쓱쓱 닦으며 말했다.

"옆집에 사는 자밀 아저씨가 시내에서 가게를 하시잖니. 방금 전화가 왔는데, 시장 쪽에 미사일이 떨어져 난리도 아니라는구나."

가만히 얘기를 듣고 있던 아버지가 코웃음 치며 말했다.

"또 싸움질이군. 이스라엘 놈들이나, 하마스 놈들이나. 하루라도 조용한 날이 없다니까!"

엄마는 뒤돌아 아버지를 쳐다보며 조용히 한숨을 내쉬곤, 다시 말을 이었다.

"당분간 등교할 때 시내 쪽으로 가는 건 좋지 않겠다. 자밀 아저씨도 네가 걱정돼서 전화하신 거잖니. 앞으로 꼭 언덕 쪽으로 돌아서 학교에 가렴."

파라는 눈살을 찌푸렸다. 시내가 아닌 언덕 쪽으로 돌아서 학교에 가면, 평소보다 두 배 이상 시간이 걸리기 때문이다. 엄마의 지나친 걱정에 자신이 괜한 고생을 하는 것 같아 억울했다.

파라가 곧바로 대답하지 않자, 엄마는 애원하는 눈빛으로 말했다.

"파라야, 시내로 가지 않겠다고 약속해 주겠니?"

엄마의 목소리가 가늘게 떨렸다. 그녀는 아버지가 다친 이후로 파라와 오빠의 안전에 온 신경을 쏟는 듯했다. 그런 절절한 마음을 파라도 모르는 건 아니었지만, 더 빠른 길을 놔두고 굳이 언덕의 비탈길을 걸어 올라가는 것은 정말이지 말도 안 되는 행동 같았다.

파라는 대답을 기다리는 엄마의 얼굴을 슬쩍 훔쳐봤다. 메마른 입술은 웃고 있었지만, 눈은 애타 보였다. 얼굴에 잔뜩 드리워진 그늘 역시 불안한 엄마의 마음을 대변해 주고 있었다.

마지못해 고개를 끄덕이자, 엄마는 고마워하며 파라를 꼭 껴안고 심지어는 볼에 뽀뽀까지 해 줬다. 그제야 파라의 마음도 사르르 녹아 온 얼굴에 미소가 번져 올랐다.

파라는 등교할 채비를 마치고, 엄마의 배웅을 받으며 집을 나섰다. 대문을 열자 햇볕에 적당히 달궈진 따스한 공기가 온몸을 파고들었다. 살포시 뺨에 내려앉는 햇살을 즐기며, 크게 숨을 들이켜고 내쉬었다. 그러자 바람이 질투라도 난 듯 후후 입김을 불며 파라의 짙은 갈색 머리카락을 갖고 놀았다.

한 이십 분쯤 걷자 두 갈래 길이 나왔다. 왼쪽 길은 주택들이 밀집해 있는 구역으로, 주택가를 빠져나가면 얼마 지나지 않아 시내가 나온다. 파라는 그 길을 따라 죽 펼쳐진 풍경을 바라보는 게 좋았다.

노래하듯 리듬을 넣어 목청껏 호객하는 상인, 길을 오가는 사람들의 웅성웅성 이야기 소리, 어떻게든 가격을 깎으려는 손님과 어떻게든 제값 이상을 받으려는 상인들의 승강이. 이렇게 사람들을 구경하며 걷다 보면, 자기도 모르는 새 학교에 도착하곤 했다.

오른쪽은 큰 언덕으로 향하는 길로, 언덕의 비탈길을 오르는 것은 여간 힘든 게 아니었다. 언덕을 넘으면 조그마한 우물이 나오는데, 엄마가 어렸을 땐 우물물로 빨래도 하고 마실 물을 길어 오곤 했다고 한다. 하지만 어느 날 이스라엘 군인들이 와서 우물에 시멘트를 부어 막아 버렸다고 했다.

우물에서 조금 벗어나면 또다시 두 갈래 길이 나오는데, 오른쪽으로 가면 카림 씨의 올리브 농장이 나오고 왼쪽으로 가면 사원이 나온다. 사원을 지나서도 계속 걸어야 마침내 학교에 도착할 수 있다.

갈림길 앞에 선 파라는 깊은 고민에 빠졌다. 오른쪽 골목으로 가는 길도 경치를 생각하면 그렇게 나쁘지는 않지만, 언덕을 넘고 나면 다음 날까지 다리가 무겁게 느껴지고 아픈 게 흠이었다.

우두커니 서 있다가, 이윽고 결심한 듯 왼쪽 골목길로 발을 내디뎠다.

 하지만 몇 걸음 걷다 말고 우뚝 멈춰 섰다. 갑자기 이상한 느낌이 들었다. 왠지 엄마가 자신을 바라보고 있는 것 같았다. 이미 집에서 한참 떨어진 곳이었기에 그럴 일은 없겠지만, 엄마가 지켜보고 있단 생각은 가시지 않았다.

 그렇게 몇 분을 고민하던 파라는 주위를 둘러보다가 쫓기듯 언덕길로 방향을 틀었다.

2장

"안녕하세요, 야밀입니다."

정장 차림에 말끔히 면도를 한 사내가 인사했다. 아이들은 처음 들어보는 억양에 신기해하며 야밀 선생을 바라봤다.

"에…… 야밀 선생님은 원래 수학을 가르치기로 했으나, 에…… 나지 선생님이 입원한 관계로……."

산처럼 배가 툭 튀어나온 교장은 무언가 말하기 전에 '에……' 하며 뜸을 들이는 버릇이 있다. 파라는 그게 너무 우스워 항상 교장이 말할 때면 웃음을 참느라 애를 먹곤 했다.

"에…… 야밀 선생님은 미국에서 왔으니 우리말이 다소 어색하더라도 이해하기 바라고……."

교장의 말이 끝나기가 무섭게 반 아이들이 수군거렸다.

"미국에서 왔다고?"

"얼굴은 코쟁이 백인이 아닌데?"

"말도 안 돼. 미국인이 여길 왜 오냐!"

교실이 소란해지자 교장은 곤혹스러운 표정으로 야밀 선생을 쳐다봤다. 야밀 선생은 어쩔 수 없다는 듯 어깨를 으쓱 올려 보였다.

"에…… 아무튼 지금부터, 야밀 선생 자네가 아이들을 맡아 주게."

교장은 헛기침하며 다급히 교실을 빠져나갔다.

혼자 남겨진 야밀 선생은 멋쩍은 양 잠시 머뭇거리다, 곧바로 아이들을 등지고서 칠판에 무언가를 적어 나갔다.

요란하게 떠들던 아이들의 시선이 일제히 그의 손끝을 향했다. 반 아이들은 야밀 선생이 써 내려가는 글을 그저 멍하니 바라보고 있었지만, 파라만은 그 글이 영어 단어라는 것을 알아챘다.

그는 글을 다 쓴 뒤 분필을 내려놓고 아이들에게 물었다.

"이게 무슨 말인지 아는 친구 있나요?"

교실은 일순간 정적에 휩싸였다.

"혹시 아는 친구 있을까?"

다시 물었지만 모두 조용했다. 그때 파라가 조심스럽게 손을 들었다.

"오, 그래. 이름이 뭐지?"

"저는…… 파라예요."

"파라? 정말 예쁜 이름이구나. 일어나서 이게 무슨 말인지 발표해 보겠니?"

야밀 선생의 칭찬에 파라의 볼이 빨개졌다. 파라는 애써 미소를 감추며 일어섰다.

"마더(Mother)…… '엄마'라는 뜻이에요."

떨리는 목소리였지만 또박또박 말하는 파라를 향해 선생이 소리쳤다.

"정답이에요!"

그가 크게 손뼉을 치자, 반 아이들도 하나둘 선생을 따라 손뼉을 쳤다. 이윽고 반 친구들 전체가 박수를 보내자, 파라의 볼은 더욱더 붉게 달아올랐다. 야밀 선생은 그런 파라의 얼굴을 따스하게 바라보더니, 칠판에 다시 글을 적었다.

"혹시 이 단어도 맞혀 보겠니?"

방금 적은 새로운 단어를 그가 가리키자, 파라는 눈앞이 캄캄해지는 듯했다. 난생처음 보는 단어였기 때문이다.

파라의 푸른 눈동자가 안절부절못한 채 이리저리 눈길 둘 곳을 찾지 못하자, 야밀 선생은 달래듯 말했다.

"파라야. 당황할 것 없단다. 그리고 다른 학생들도 마찬가지란다. 이 단어는 아직 너희가 배우려면 멀었거든."

그제야 파라는 안도의 숨을 내쉬며 긴장이 풀어진 듯 자리에 앉았다.

야밀 선생은 다시 뒤돌아, 방금 적은 두 단어 사이에 '+'를 적어 넣었다. 그리곤 검지로 새로 적은 글자를 가리키며 말했다.

"이 단어는 'Land'. 즉 '땅'이라는 뜻이에요. 그럼 'Mother'라는 단어와 합치면 'Motherland'가 되겠죠? 이 'Motherland'라는 단어의 뜻은 '어머니의 땅'이에요. 즉……"

뒤돌아 말을 이으려던 야밀 선생은 그만 말문이 콱 막혔다. 하나같이 얼빠진 표정을 한 아이들이 눈에 들어왔기 때문이다. 선생은 헛웃음을 지으며 속으로 생각했다.

'아무래도 너무 어려운 내용을 설명하려 했던 것 같군……'

그렇게 생각하던 그때, 파라와 눈이 마주쳤다. 파라는 알 수 없는 희미한 미소를 지으며, 야밀 선생을 바라보고 있었다.

"파라야, 혹시 이게 무슨 뜻인지 알겠니?"

그의 말이 끝나기가 무섭게, 파라는 기다렸다는 듯 자리에서 벌떡 일어섰다. 그리곤 마른 침을 꼴깍 삼키며 천천히 입을 뗐다.

"어머니의 땅이라면…… 그러니까…… 우리 '팔레스타인 땅'을 말씀하시는 건가요?"

파라의 말을 들은 야밀 선생은 아까보다 더욱 흥분해 소리쳤다.

"정말 대단해! 맞혔어요!"

아이들이 휘둥그레 파라를 바라보았고, 파라는 수줍어하며 의자에 앉았다. 야밀 선생이 말을 이었다.

"맞아요! '어머니의 땅'은 여러분들이 사는 '팔레스타인 땅'을 말하는 거랍니다. 파라야, 아주 잘 말해줬구나."

그는 파라와 잠시 눈을 마주치곤 다시 반 아이들을 향해 말했다.

"여러분, 선생님의 부모님은 여러분의 부모님들처럼 '팔레스타인 사람'이에요. 두 분 모두 이곳 가자 지구에서 태어나고 자라셨죠. 하지만 이스라엘 정착촌이 들어서며 두 분은 한순간에 집과 땅을 잃으셨어요. 그래서 제 부모님은 가자 지구를 떠나 미국으로 이민을 갔답니다. 선생님은 거기서 태어났어요."

"그럼 선생님은 '미국놈'인가요?"

평소 짓궂은 장난을 좋아하는 아이가 우스꽝스러운 목소리로 질문 아닌 질문을 하자, 교실은 킥킥대는 웃음소리로 가득 찼다.

야밀 선생도 아이들을 따라 즐겁게 웃으며 호탕하게 말했다.

"맞아요! 미국에서 태어났으니 '미국놈'이죠! 하지만 제 부모님은 항상 저의 모국이 '팔레스타인'임을 잊지 않게 상기시켜 주셨어요. 집에서는 여러분처럼 아랍어를 쓰고, 여러분이 먹는 음식을 먹고, 팔레스타인의 역사를 밤낮으로 공부했죠."

점점 진지해지는 야밀 선생의 어조에, 아이들의 웃음소리도 잦아들었다.

그는 잠시 뜸을 들인 후 입을 열었다.

"비록 선생님은 미국에서 태어나고 자랐지만, 여러분과 '같은 모국'을 지닌 '팔레스타인 사람'이에요. 여러분이 이것을 꼭 기억해 주었으면 해요."

야밀 선생이 말을 마치자 교실엔 오랜 침묵이 이어졌다. 대부분 아이들은 그가 한 말을 이해하지 못한 듯했지만, 파라는 말뜻을 이해한 듯 제법 심각한 표정을 짓고 있었다.

야밀 선생은 파라를 바라보며 생각했다.

'나이답지 않게 영민한 아이로군.'

그렇게 며칠이 지났다. 야밀 선생의 수업은 재밌었다. 매일같이 무심한 표정으로 칠판을 바라보거나 꼬박꼬박 졸던 아이들도 연신 질문을 퍼부어댈 정도였다.

그런데 파라는 문득 야밀 선생이 수상하게 느껴졌다. 그가 자신도 팔레스타인 사람이라고는 했지만, 왜 미국에서 이곳으로 온 것인지는 말해주지 않았기 때문이다. 단순히 어머니의 땅이기에 찾아왔다는 말은 설득력이 없었다. 미국은 공습 경보 소리에 가슴을 졸일 필요가 없기 때문이다.

또 물은 어떤가? 파라가 사는 마을의 물엔 석회질이 많이 섞여 있어 함부로 마실 수 없다. 마실 수 있는 지하수가 있어도, 이스라엘 정부의 허락 없이는 우물을 파지 못한다. 집집마다 정수기 필터를 사다 놓거나, 여의치 않으면 수돗물을 받아다 하루 정도 석회질을 가라앉힌 뒤 윗물만 떠 마셔야 한다. 이런 곳에 제발로 찾아왔다고?

순간 파라의 머릿속에 몇 달 전에 봤던 외국영화 한 편이 떠올랐다.

내용은 이랬다. 스파이인 남자 주인공이 적국의 대통령을 죽이려고, 교수로 위장한다. 그런데 그만 임무를 망각하고, 자신이 가르치는 학생과 사랑에 빠지고 만다. 하지만 가족이 조국에 있었던 그는, 결국 대통령을 죽이고 사랑을 포기한다. 뻔한 이야기지만, 아무튼 그 영화가 자꾸 생각났다.

파라는 야밀 선생을 꼼꼼히 뜯어봤다. 스파이 영화 속 주인공처럼 잘생기진 않았지만, 아무리 봐도 지금껏 보았던 사람들과는 다른 모습이었다. 얼굴의 생김새는 이질적이지 않아도, 정돈된 눈썹과 새하얀 피부는 누가 봐도 이 동네 사람 같지 않아 보였다.

옷차림 또한 그랬다. 해진 데 하나 없이 윤이 흐르는 정장은 몸에 맞춘 듯 딱 맞았고, 말끔한 검은 구두 위엔 먼지 하나 묻어 있지 않았다.

파라는 믿을 수 없다는 듯 고개를 저었지만, 영화 속 주인공이 자신의 정체를 알아낸 사람들을 독침으로 살해하는 장면이 떠오르자 등골이 오싹해졌다.

그 순간 야밀 선생과 파라의 눈이 딱 마주쳤다. 파라는 황급히 눈을 내리깔았다. 그러나 등에는 식은땀이 흐르고 심장이 요동쳤다.

한참 후, 조심스럽게 교단 아래쪽을 슬쩍 봤는데, 야밀 선생의 검은 구두가 자신을 향해 다가오는 게 보였다. 놀란 파라는 고개를 처박고 눈을 질끈 감았다.

야밀 선생의 발걸음 소리가 가까이 들릴수록, 모든 것이 끝났다는 생각이 들었다. 엄마, 아버지, 그리고 지금은 집을 나간 하딤 오빠의 얼굴이 떠올랐다.

감고 있던 눈을 살짝 뜨자 이미 교과서 위로 야밀 선생의 그림자가 드리워져 있었다. 깜짝 놀란 파라는 토끼 눈을 하고 선생을 올려다보았다.

그때, 파라는 볼 수 있었다. 한없이 걱정스러운 얼굴로, 자신을 바라보는 따스한 눈빛을. 그것은 아침마다 마주하는 엄마의 눈빛과 꼭 같았다.

"파라야, 어디 아프니? 의무실에 데려다줄까?"

자신을 걱정하는 선생의 진심 어린 목소리를 듣자, 죄책감이 물밀 듯이 몰려왔다. 한순간이나마 야밀 선생을 의심했다는 사실이 몹시 부끄러웠다. 이내, 파라는 눈물을 글썽거리기 시작했고, 결국 고개를 푹 숙이고 훌쩍훌쩍 울었다.

야밀 선생은 몹시 당황해하며 파라를 달래다, 순간 뭔가를 깨달은 표정을 하고선 황급히 교실을 뛰쳐나갔다.

잠시 후, 야밀 선생이 다른 교실에서 수업 중이던 여자 선생과 교실에 돌아왔다. 여자 선생은 파라를 부축하곤 교실 밖으로 데려가며, 여자라면 당연한 과정이라며 전혀 부끄러워할 것 없다고 말했다.

의무실에 도착한 파라는 잠깐 울음을 그쳤다. 하지만 야밀 선생에 대한 죄책감이 다시 밀려와, 그만 의무실 바닥에 주저앉아 펑펑 울고 말았다.

수업이 끝나자 아이들은 썰물처럼 교실을 빠져나가 운동장으로 향했다. 파라는 의무실 침대에 앉아 창문으로 아이들이 뛰노는 모습을 지켜보고 있었다. 책상에서 서류 작업을 하던 간호 선생이 이 모습을 보곤 말했다.

"더 누워 있지 그러니. 선생님께는 일시적인 복통이라고 말씀드렸단다."

파라는 조금 불만스러운 표정을 짓다가 도로 침대에 누웠다.

선생님들이 자기가 몸이 아파 울었다고 생각하는 건 다행이었다. 그러나 야밀 선생을 의심했던 건 여전히 죄책감으로 남아 있었다. 자신을 진심으로 걱정하던, 그 따뜻한 눈빛이 자꾸만 떠올랐다. 마음 한구석이 무겁고, 시린 느낌마저 들었다.

'선생님은 좋은 분이신 것 같아. 그런데 그런 분을 의심하다니…….'

얼마간 자책하다 야밀 선생을 찾아가 사실을 말하고 직접 사과하기로 했다. 이대로는 그를 떳떳하게 마주할 수 없을 것 같았다.

학교가 끝날 무렵, 간호 선생에게 인사를 한 뒤 교실로 향했다. 교실 문 앞에서 잠시 머뭇거리다가 용기를 내 들어가자, 한구석에 앉아 있던 야밀 선생이 반갑게 맞아 주었다.

"파라야, 몸은 괜찮아졌니?"

"네, 선생님……."

"얼마나 걱정했는지 모른단다. 앞으로는 몸이 아프면 수업 중에라도 꼭 선생님한테 이야기해 주렴."

파라는 야밀 선생의 친절하고 나긋나긋한 말에 마음이 더욱 무거워졌다. 선생은 급격히 어두워지는 파라의 표정에 안절부절못하다 황급히 화제를 돌렸다.

"파라야, 혹시 '아디나의 일기'라고 들어 봤니?"

"아디나의 일기요?"

"그래, 아디나의 일기."

파라가 고개를 절레절레 젓자, 야밀 선생이 자신의 가방에서 책 한 권을 꺼내 건넸다. 책 표지에는 파라 나이 또래의 여자아이가 있었다. 환히 웃고 있었지만, 왠지 쓸쓸한 느낌이 드는, 미묘한 표정의 아이였다.

"이 여자아이는 누구예요?"

"'아디나'란다. 너만 한 나이일 때 찍은 사진일 거야."

"우와! 저처럼 어린데 책을 쓴 거예요?"

야밀 선생이 웃으며 말했다.

"그렇단다. 이 아이가 쓴 일기를 엮어 책으로 만든 거야. 세계적인 베스트셀러지."

"베스트셀러가 뭐예요?"

"인기가 많은 책을 뜻한단다."

파라가 의아하단 표정을 지었다.

"그런데…… 이건 그냥 일기장이잖아요."

"이 책은 단순한 일기장이 아니란다. 그러니까 음……"

야밀 선생은 말을 멈추고 오른손으로 턱을 괸 채 이맛살을 찌푸렸다. 파라는 자기가 너무 많은 질문을 해서 야밀 선생이

곤혹스러워하는 것 같아, 괜스레 죄송한 마음이 들었다.

"이 책은 단순히 설명할 수 있는 책은 아니야…… 그러니까……"

그는 무어라 대답을 해 줘야 할지 선뜻 정리되지 않았다. 그때, 파라가 머뭇거리며 물었다.

"저기, 선생님…… 제가 한 번 읽어 봐도 될까요?"

파라의 조심스러운 질문에 야밀 선생이 미소 지으며 말했다.

"그럼 물론이지. 그런데 이 책은 영어로 쓰였단다. 아까 보니까 영어를 알던데, 영어 책도 읽을 수 있겠니?"

"아, 아니오. 그냥 몇 가지 단어만 알아요. 오빠가 가르쳐 줬었거든요. 그치만 책을 읽을 정도는 아니에요……."

파라의 큰 눈망울이 실망감으로 가득 찼다. 아래로 내리깐 눈은 긴 속눈썹과 어울려 더욱 처져 보였다. 야밀 선생은 아쉬워하는 파라를 가만히 지켜보다가 입을 열었다.

"그럼 내가 이 책을 아랍어로 번역해 줄 테니, 한 번 읽어 보겠니?"

파라가 화들짝 놀라며 말했다.

"정말요?"

"그럼, 정말이지. 하지만 하루에 서너 쪽 이상은 힘들 것 같구나. 괜찮겠니?"

"와, 감사해요!"

파라는 '아디나의 일기장'을 휙휙 넘겨보며 미소를 지었다. 자기 또래의 아이가 쓴 일기장이 도대체 얼마나 재밌으면 책으로 나온 건지, 한시라도 빨리 읽고 싶었다.

환해진 얼굴을 보자 야밀 선생도 안심이 됐다. 그러나 일순간 파라의 표정은 다시 어두워졌고, 그는 또 왜 그런가 싶어 물었다.

"무슨 일이 있는 거니? 혹시 아직도 아픈 거야?"

파라는 아디나의 일기장을 꼭 쥔 채로 고해성사하듯 말했다.

"선생님, 저 사실은…… 선생님이…… 미국에서……"

우물쭈물하는 파라를 보고 야밀 선생은 눈치챘다는 듯 빙긋 웃으며 물었다.

"내가 미국에서 온 이유가 궁금한 거구나?"

마음을 환히 들여다본 듯 이야기하는 선생의 물음에, 파라는 자기도 모르게 고개를 끄덕였다.

"내가 여기 온 것은 바로 '너' 때문이란다."

"저 때문이라뇨?"

파라의 큰 눈이 더욱 커지는 걸 보고 야밀 선생이 웃었다.

"사실 나는, 내가 '팔레스타인'에서 교편을 잡을 거라곤 상상도 못 했단다. 이곳에 오려면 많은 걸 포기해야 했거든. 심지어 팔레스타인 사람인 우리 부모님께서도 반대했단다."

파라가 무언가를 말하려는 그때, 반쯤 열린 유리 창문 사이로 훈풍이 불어왔다.

파라의 짙은 갈색 머리칼이 바람에 물결쳤다.

야밀 선생이 헝클어진 머리카락을 쓸어 올리는 파라를 보고선 물었다.

"차라리 머리를 묶는 건 어떠니?"

"저한텐 안 어울려요."

"뭘 해도 예쁠 것 같은데. 아니면 히잡은 어떠니? 아직 할 만한 나이가 아닌가?"

"히잡은 답답해요. 엄마는 어떻게 그걸 하루 종일 쓰고 계시는지 모르겠어요. 아무튼 선생님, 그래서 어떻게 된 건가요?"

"어떻게 된 거냐니?"

"팔레스타인에 온 이유를 설명하고 계셨잖아요."

"아, 그렇지. 이곳에 오기 전에 나는 의사가 되려고 공부 중이었단다. 병원에서 실습이 끝나면 기숙사로 돌아가 공부하고, 또다시 병원을 오가는 하루의 연속이었지. 그날도 평소와 다를 바 없었어. 일과를 마치고 침대에 누워 휴대폰으로 이런저런 것들을 보고 있었단다. 그때 그 뉴스를 보고 말았어."

"어떤 뉴스요?"

야밀 선생이 나지막이 한숨을 내쉬고는 말을 이었다.

"혹시…… 석 달 전쯤 있었던 폭격을 기억하니?"

"……"

파라는 바로 대답하지 못했다. 반 친구가, 폭격으로 많은 사람이 죽었다고 한 말이 생각났기 때문이다.

또한, 하딤 오빠의 아내 일도 떠올랐다. 파라는 그동안 그녀가 일하다 사고를 당해 세상을 떠난 줄로만 알았다.

하지만 아버지가 술에 취해 엄마에게 말한 걸 엿듣고, 그녀가 시위 도중 이스라엘군에게 살해당했다는 것을 최근에야 알게 되었다.

며칠 전만 해도 폭음이 나면 사람들이 죽어간다던 말이 의아했는데, 죽음은 어느새 한 발 가까이 다가와 좀 더 선명하게 느껴졌다.

눈에 띄게 굳어지는 파라의 얼굴을 보고, 야밀 선생이 말했다.

"괜한 얘기를 꺼낸 것 같구나."

"아니에요, 선생님…… 계속 말씀해 주세요."

그는 파라의 눈치를 살펴보다 말을 이었다.

"어디까지 했더라…… 그래, 뉴스 얘길 하고 있었지. 그 기사는 '가자 지구 폭격'을 다루고 있더구나. 가슴은 아팠지만, 매일같이 뉴스에서 떠들어대는 얘기라 별로 내 일 같이 느껴지지는 않았어."

야밀 선생의 말이 끝나기가 무섭게 파라가 소리쳤다.

"그렇게 말하면 안 돼요!"

늘 조용조용하던 파라의 고함에 야밀 선생은 적잖이 당황해 손사래를 치며 말했다.

"이런, 미안하구나. 기분을 상하게 하려고 했던 건 아니란다."

그의 항변에도 파라는 심각한 얼굴을 하고 있었다. 그 모습에 야밀 선생은 더욱 미안해하며 말을 이었다.

"파라야, 선생님은 사실을 말하는 거란다. 전 세계의 많은 사람이 '가자 지구'에서 벌어지는 일들을 보며 안타깝다고 생각한단다. 하지만 그 아픔을 진심으로 이해하는 사람은 적어. 왜냐면 누구도 한밤중에 자기 머리 위로 미사일이 날아올 거라고는 생각하지 않으니까."

파라는 조금은 이해가 된다는 듯, 천천히 고개를 끄덕였다.

"이야기를 계속해도 되겠니?"

파라가 한 번 더 고개를 끄덕이자, 야밀 선생이 안도의 숨을 내쉬며 말했다.

"나는 기사를 대충 훑어보고는 휴대폰 화면을 넘겼지. 그때 어떤 사진이 나오더구나."

"어떤 사진이요?"

그는 떠올리기 싫은 장면을 기억해 낸 듯 눈살을 찌푸리더니, 이마를 쓸어내리며 말했다.

"가자 지구가 폭격당하는 광경을 구경하는, 이스라엘 사람들에 대한 뉴스였단다."

야밀 선생은 잠시 침묵하다 곧 성난 목소리로 말을 이었다.

"그들은 폭격이 잘 보이는 언덕 위에 앉아, 망원경을 들고선 폭탄이 떨어질 때마다 박수를 보내더구나. 환호성을 지르면서 말이지. 브라보! 브라보! 하며. 어떤 놈들은 의자에 앉아 팝콘을 먹으며, 마치 영화를 보는 것처럼 사람들이 죽어 나가는 걸 구경하더군!"

항상 인자한 미소를 보이던 그의 얼굴은 한껏 일그러져서는 시뻘겋게 달아올랐다. 파라는 그런 야밀 선생을 조용히 바라보다 물었다.

"선생님, 왜요?"

"뭐가?"

파라는 아버지에게 했던 질문을 되물었다.

"왜 이스라엘 사람들이 우리를 죽이려고 하는 거죠? 우리 오빠의 부인도 총에 맞아 죽었대요. 요새는 마을 사람들도 너무 많이 다쳐요. 왜 이스라엘 사람들은 자꾸 우리를 죽이려고 하는 거죠?"

"그건……"

이해할 수 없다는 표정으로 파르르 떨며 질문하는 파라를 보자, 야밀 선생은 그만 말문이 막혔다. 그가 말을 잇지 못하자, 파라가 낮은 목소리로 물었다.

"우리를 싫어해서 그런 건가요?"

"그건 아니란다."

"그럼 그들이 나쁜 사람들이라서 그런 건가요?"

"아니, 이스라엘엔 좋은 사람들도 많단다."

"그러면 우리를 왜 죽이려는 거예요?"

절망과 두려움, 궁금증이 뒤섞인 파라의 맑은 눈을 바라보던 야밀 선생은, 어떤 이유에선지 슬픈 표정을 짓더니 입을 굳게 다물었다. 더는 해 줄 말이 없었기 때문이다.

그는 증오가 만든 살육의 악순환을 이해하기엔, 파라가 너무 어리다고 생각했다.

"시간이 늦었구나……"

파라의 시선을 피한 채 얼버무리려는 순간, 교실 문이 열리며 교장이 나타났다. 야밀 선생은 기다리던 구원의 여신이라도 본 것 마냥, 양팔을 벌려 교장을 환대했다.

"교장 선생님! 안 그래도 찾아뵐 참이었습니다."

교장은 갑작스러운 환대에 당황한 듯 말했다.

"에…… 뭣 때문에 말인가?"

"가면서 설명해 드리겠습니다. 파라야, 늦었으니 조심히 집에 가거라."

야밀 선생은 어느새 교장의 옆에 바싹 붙어서 팔짱까지 끼곤 다급하게 교실을 빠져나가고 있었다. 그렇게 교실 문을 넘으려는 찰나, 파라가 큰 소리로 그를 불러 세웠다.

"야밀 선생님!"

파라는 팔짱을 꽉 낀 채로 여전히 대답을 기다리고 있었다.

선생은 멈칫하더니, 뒤돌아 파라에게로 천천히 걸어갔다. 그러고 나선 무릎을 꿇어 파라와 눈높이를 맞춘 뒤 말했다.

"파라야, 아까 말했던 아디나의 일기는 내일까지 번역해 놓으마. 교무실로 아침에 찾아오렴."

"하지만, 아직……"

끈질기게 매달리며 질문을 하고 싶었지만 왠지 야밀 선생의 표정을 보니, 더 이상 질문을 해선 안 될 것 같았다. 그는 매우 지쳐 보였고, 또 헤아릴 수 없이 슬픈 얼굴을 하고 있었다.

파라는 서운한 기색을 감추며 고개를 끄덕였다. 그러자 야밀 선생이 씁쓸한 웃음을 지으며 말했다.

"정말 착하구나. 집에 조심히 가렴."

3장

　다음 날, 파라는 '아디나의 일기'를 받을 생각에 일찌감치 집을 나섰다.
　엄마는 위험하니 시장 쪽으로 가지 말라고 하셨지만, 그때마다 굳이 먼 길을 돌아가야 한다는 사실이 답답한 파라였다.
　역시나 갈림길에 이르니 고민이 되었고, 이번엔 시장 쪽으로 가 보는 건 어떨까 하는 생각이 들었다. 1초라도 빨리 '아디나의 일기'를 읽고 싶었기 때문이다.
　하지만 오늘도 왠지 엄마의 눈이 계속해서 주시하고 있는 것 같아, 시장 길로 가는 것을 포기하고 언덕길을 돌고 돌아 학교에 갔다.
　학교 정문에 도착한 파라는 당겨오는 다리를 툭툭 쳐 대며 주위를 둘러봤다. 평소 등교하는 시간이었다면 아이들로 붐볐겠지만, 지금은 개미 새끼 한 마리도 보이지 않아 썰렁했다. 왠지 모를 뿌듯함이 밀려왔다.

그때였다. 저 멀리 운동장 뒤편에서 누군가 걸어오는 게 보였다. 처음엔 실루엣만 보고 야밀 선생이라고 생각했는데, 야밀 선생이라고 하기엔 훨씬 말랐고 키도 작아 보였다. 마치 어린 소년의 모습 같기도 하고, 느릿느릿 걸어오는 폼이 노인 같기도 했다.

파라는 실눈을 뜨고 좀 더 자세히 보려고 했지만, 어느새 쨍하고 쏟아지는 햇빛 때문에 잘 볼 수 없었다.

결국 누군지 확인하는 것을 포기하고, 고개를 들어 태양을 노려보았다. 그러자 태양이 응수라도 하듯 파라의 눈에 눈부신 빛을 무더기로 쏟아냈다.

피리가 눈살을 찌푸리며 소리쳤다.

"눈이 안 보여요! 도와주세요!"

그러자 귓가에 낯선 목소리가 들렸다.

"눈을 꽉 감고 열까지 세! 어서!"

파라는 눈을 감고 열까지 셌다. 하나, 둘, 셋…… 숫자를 다 세고 나서 천천히 눈을 뜨자 눈부심이 사라졌고, 파라를 어둠 속에서 구해 준 목소리의 주인공이 눈에 들어왔다.

가장 먼저 눈에 보이는 것은, 왼쪽 눈을 가린 검은 안대였다. 안대가 어찌나 인상적이었던지, 그가 나이를 한참 먹은 할아버지라는 것을 뒤늦게 깨달을 정도였다. 또 머리가 거의 없는 대머리에 이국적으로 생겨, 칼 대신 빗자루를 들고 있다는 점만 빼면 그는 영락없는 해적 영화의 주인공 같은 모습이었다.

할아버지가 처음 들어 보는 억양으로 말했다.

"왜 해를 쳐다본 거니? 그건 아주 위험한 행동이란다."

파라는 한참을 골똘히 생각했다. 해가 원망스러워 쳐다봤다는 건 자기가 생각해도 바보 같았다. 대답을 회피하며, 오히려 안대를 찬 할아버지에게 물었다.

"할아버지는 누구세요?"

"나는 새로 부임한 수위란다. 일주일 전쯤 왔지."

"아, 수위 할아버지시구나! 도와주셔서 정말 감사해요. 제 이름은……"

말이 끝나기도 전에 수위 할아버지가 말했다.

"이미 알고 있단다. 네가 파라 맞지?"

파라가 놀라 물었다.

"제 이름을 어떻게 아셨어요?"

"내 친구인 야밀 선생이 말해줬지."

"야밀 선생님과 친구세요? 친구라고 하기엔 나이 차가 많이 나지 않나요?"

파라는 곧 자신이 무례한 말을 한 걸 깨닫고 아차 싶었지만, 수위 할아버지는 사람 좋게 웃으며 대답했다.

"야밀 선생과 난, 둘 다 다른 곳에서 왔단다. 그래서 자연스럽게 이방인끼리 친구가 됐지. 둘 다 영어가 편한 것도 있겠지만."

"할아버지도 미국인이세요?"

"아니란다. 영어는 미국인만 쓰는 것이 아니야."

"그럼, 할아버지는 어디에서 오셨어요?"

수위 할아버지는 연거푸 헛기침하더니 말문을 돌렸다.

"야밀 선생은 교무실에 있단다. 네가 아침 일찍 올 걸 알고 있었는지, 선생도 평소보다 더 빨리 출근했더구나."

"정말요? 와!"

파라는 고맙다는 인사도 잊은 채 교무실로 허겁지겁 달려갔다. 넘어질 듯 뛰어가는 파라의 뒷모습을 수위 할아버지는 인자하게 바라보았다.

교무실 앞까지 달려온 파라는, 숨을 헐떡거리며 먼저 급수대로 향했다. 목이 말라 물을 벌컥벌컥 들이마셨지만, 정화되지 않은 탓인지 물에서 역한 냄새와 비릿한 짠맛이 느껴졌다.

그 순간, 야밀 선생의 목소리가 들렸다.

"안녕, 파라야."

갑작스러운 선생의 등장에 놀란 파라는 그만 사레가 들려 얼굴을 찌푸리며 기침을 내뱉었다.

"콜록! 콜록!"

야밀 선생도 놀라, 파라의 등을 조심스레 두드리며 말했다.

"아이고, 이런. 나 때문에 놀랐구나. 괜찮니?"

파라가 기침을 몇 번 더 토해 내고선 힘없이 고개를 끄덕였다.

"……선생님, 저기……"

야밀 선생은 파라가 무슨 말을 하려는지 눈치채곤 곧바로 가방을 뒤졌다. 기침을 해 눈물이 맺힌 파라의 눈이 더욱 반짝거렸다. 선생은 가방에서 종이 뭉치를 꺼내 들어, 조심스레 파라의 손에 쥐여 주었다.

파라는 살짝 고조된 얼굴로 종이 뭉치를 살펴보았다. 스테이플러로 고정된 종이 뭉치의 앞장에는 아랍어로 '아디나의 일기'라고 적혀 있었고, 그 밑에는 여자아이의 사진이 있었다.

인쇄기가 오래된 탓인지 사진이 아주 흐릿했지만, 어제 본 책표지의 주인공 '아디나'가 분명했다.

야밀 선생은 근심 어린 표정으로 물었다.

"어제 본 책보다는, 멋있진 않지?"

조심스러운 그의 질문에 파라는 한 치의 망설임 없이 큰 목소리로 대답했다.

"정말 최고예요, 선생님! 정말 감사해요! 지금 당장 읽어도 되나요?"

한껏 들뜬 파라의 모습에, 야밀 선생은 한층 밝아진 표정으로 말했다.

"그럼, 읽어도 되고말고. 단 수업시간 외에 읽어야 한단다. 그리고 어려운 단어라든지 이해가 되지 않는 내용이 있으면, 언제든지 가져와서 물어보렴."

파라는 기쁨을 감추지 못하고 자리에서 벌떡 일어났다. 그러곤 의자를 발판 삼아 올라서더니, 야밀 선생을 꼭 껴안고는 큰 소리로 말했다.

"선생님, 정말 고마워요!"

야밀 선생은 생각보다 훨씬 기뻐하는 파라의 모습에, 책을 번역해 주길 잘했나고 생각했다.

파라는 교실로 돌아와 제 자리에 앉아, '아디나의 일기'를 펼쳐 보았다. 대충 훑어보니 야밀 선생의 말대로, 소설이 아닌 일기였다. 일기가 베스트셀러가 될 수 있다니 뭔가 재미있다는 생각이 들었다. 파라는 자신이 쓴 일기가 베스트셀러가 돼 많은 사람에게 읽힌다면 기분이 어떨지 설레는 상상을 하다, 정신을 차리곤 첫 줄부터 읽어 나갔다.

1941년 12월 2일

일기장아, 널 만난 건 우연한 행운이었어.

어제, 술에 진탕 취한 아버지가 생일선물이라며 널 주는 것 있지? (내 생일은 석 달이나 남았는데 말이야!)

포장지로 엉성하게 싸인 네 모습은 한눈에 보기에도 책이 틀림없었지만, 왠지 예사 책은 아닐 것 같다는 생각이 들었어. 잔뜩 기대하며 포장지를 뜯어 보니, 놀랍게도 '일기장'이더구나!

만약 네가 일기장이 아닌 소설책이었다면, 난 너무 실망했을 거야. 이런 숨 막히는 상황에서 누가 책 같은 걸 읽고 싶겠니?

그리고 나 말이야. 사실 네게 말 걸기 전에, 네가 몇 장인지 먼저 세어봤단다. 중간에 엄마가 불러서 헷갈리기는 했지만, 한 170장 정도 되더라고. 하루에 너를 반 장씩 쓴다고 하면 일 년여 정도가 걸릴 거야. 그 안에 우리 가족이 '게토'를 나갈 수 있을까?……

이런…… 첫 만남부터 갑자기 우울한 얘기를 꺼내서 미안해. 다음에는 좀 더 재밌는 얘기를 써 보도록 노력할게.

1941년 12월 5일

비밀 학교로 가는 중에 유대인 경찰에게 완장이 지저분하다고 지적받았어. 책을 품속에 숨기고 있어서 한 손으로 완장을 닦는 척하며 간신히 벗어났지. 그런데 지금까지도 불쾌한 기분은 가시질 않아.

유대인 경찰은 다른 유대인보다 더 나은 대우를 받는 대가로, 군인들을 대신해서 우리에게 곤봉을 휘둘러. 동족을 배반하는 데 아무런 거리낌 없는 사람들이 대부분이지. 그 사람들의 양심은 이미 메마른 지 오래야.

하지만 슈필만 씨 만큼은 달라. 슈필만 씨는 우리 가족이 게토로 이사 온 이후로, 죽 우리의 편의를 봐주고 있어. 유대인 경찰 중에서도 꽤 높은 자리에 있는 건지, 우리가 원래 배정받았던 허름한 집도 지금 사는 집으로 바꿔 주셨단다.

이상한 게 하나 있다면 아빠는 슈필만 씨 앞에선 피가 섞인 형제처럼 웃고 떠들면서, 밖에서는 항상 슈필만 아저씨를 욕한다는 거야.

아빠가 왜 그런지는 모르겠지만, 내가 생각하기에 슈필만 씨는 좋은 분인 것 같아. 아빠가 제발 아저씨의 험담 좀 그만 늘어놓았으면 좋겠어. 그분이 좋은 사람이 아니라면, 왜 매일 내게 사탕을 쥐여 주시겠니?

1941년 12월 12일
오늘 선생님께 배운 이야기는 잘 이해가 되지 않았어.

독일인들은 단순히 우리가 '유대인'이기에 강제로 게토에서 살게 하는 거래. 하지만 정말 이해할 수 없어. 왜 유대인이란 이유만으로 미움을 받아야 하는 걸까? 독일인들이 우리를 싫어하는 데는 뭔가 다른 이유가 있지 않을까?

그래서 말인데 혹시 우리 몸에서 양배추 냄새가 나서 그런 것 아닐까?

난 양배추가 너무 싫어. 맛도 이상하고 뭣보다 삶았을 때 양배추에서 나는 특유의 냄새는 최악이야. 혹시 우리에게 그 양배추 냄새가 나서, 독일인들이 우릴 미워하는 게 아닐까?

1941년 12월 14일
아빠가 레스토랑을 개업했어.

원래는 다른 유대인이 운영하는 곳이었는데, 슈필만 씨 덕분에 헐값에 구입했단다. 심지어 군인들에게 허락받아 직원도 부릴 수 있게 됐어. 아빠의 사업 수완은 정말 대단한 것 같아.

그나저나 슈필만 씨는 아무리 생각해도 정말 고마우신 분이야.

조만간 시간을 내서 뭐라도 사 들고, 아저씨에게 인사를 드리러 가야겠어.

1941년 12월 15일

오늘 있었던 일이야. 나는 아빠를 도우려고 인부들이 나르는 음식들을 차곡차곡 장부에 기록하고 있었어. 그런데 뒤에서 아빠의 고함이 들렸어. 알고 보니 감자 포대를 나르던 인부 한 명이, 배고픔에 생감자 하나를 몰래 베어 먹었던 거야.

아빠는 고래고래 소리 질렀고, 인부는 재빨리 모자를 벗고 공손하게 손을 모았어. 그러고 나선 땅에 머리가 박힐 듯 고개 숙이며, 용서를 구하더구나. 그의 목소리에서 절망감과 간절함이 느껴졌어.

하지만 아빠는 분이 풀리지 않았는지, 일급조차 주지 않고 그 인부를 해고했단다.

나는 아빠의 행동에 너무 실망해 '배가 고파 저지른 일인데 너무한 것 아니냐'라고 따졌지만, 아빠는 들은 체도 하지 않으셨어.

결국 인부는 집으로 돌아갈 수밖에 없었어. 야윌 대로 야위어 두 볼이 푹 파였던 그는, 걷는 것조차 힘들어 보였어. 내딛는 걸음마다 다리가 후들거렸거든. 그치만 최대한 품위를 잃지 않으려고 노력하던 모습이 아직도 선명해.

그의 슬프지만 차분한 표정이 잊히지 않아. 게토에 오기 전 그 사람은 무슨 일을 하고 있었을까? 혹시 귀족이었던 건 아닐까?

다들 이곳에 오기 전까지는 직업이 있었겠지만, 이제 돌을 나르는 일조차 줄을 서서 기다려야 하는 형편이야.

어쨌든, 그에게 내 점심이라도 건네주지 못한 게 너무 아쉬워.

1941년 12월 18일

일기장아, 아빠의 가게에서 연주할 피아니스트를 구한다고 채용문을 냈는데, 오늘 무려 열다섯 명이 온 거 있지. 그중에 일곱 명은 피아노가 어떻게 생겼는지도 모르면서, 그냥 일거리를 달라고 애걸하는 사람들이었단다. 사정은 너무 안타까웠지만, 우리 가족도 허리띠를 졸라매는 형편이라 어쩔 수 없이 돌려보냈어.

나는 남은 사람 가운데 가장 경력이 오래된 사람에게 연주를 부탁해 보았단다.

그런데 말이야. 그 사람은 이 빠진 고물 피아노로, 경쾌한 멜로디를 쏟아 내는 것 있지? 난생처음 들어보는 음악이었는데, 아빠는 그걸 '재즈'라고 부른다 했어. 재즈가 뭔지는 몰랐지만, 어쨌든 그렇게 신나면서 리듬감 있는 음악은 처음이었어.

나는 아빠에게 다른 사람은 볼 것도 없이 꼭 그 연주자를 고용해야 한다고 속삭였지만, 아빠는 독일군 앞에서 재즈를 연주했다간 곧바로 수용소에 끌려갈 것이라며 절대 안 된다고 하셨어.

그래서 내가 그 피아니스트에게 재즈 말고 다른 것도 연주할 수 있냐고 하니, 피아니스트는 잠시 머리를 긁적이더니 베토벤의 곡을 연주하더구나. 처음 연주한 재즈라는 것보다는 조금 감동이 덜했지만, 꽤 들어줄 만한 실력이었기에 결국 아빠도 그를 고용했단다.

피아니스트는 우리 가족에게 감사 인사를 올렸는데, 특히 나를 향해 눈빛을 반짝이며 연신 고맙다고 말씀하셨어. 내 덕분에 집에 있는 가족들을 먹여 살릴 수 있다며, 보답의 의미로 재즈 한 곡을 더 연주해 주었어.

1941년 12월 23일

오늘 비밀 학교에서 선생님이, 군인을 보면 꼭 공손하게 인사하라고 거듭 당부하셨어. 아마도 군인에게 인사를 하지 않았다는 이유로, 총살당했다는 남자의 이야기가 사실인가 봐.

곧 게토에서 보내는 첫 크리스마스가 오지만 전혀 기대되지 않아.

거리의 모든 사람이 다 침울한 표정이야. 그 누구도 웃는 걸 본 적이 없어.

이따금 웃음소리가 들리기도 해. 현실을 받아들이지 못해 실성한 귀부인의 웃음소리지. 그런데 그 부인이 가여워서 오히려 분위기는 더 침울해져.

그나저나 얼마 전부터 친구들이 나를 멀리한다는 느낌이 들어.

혹시 나도 모르는 잘못을 했나 싶어서 곰곰이 생각해 봤지만 잘못한 게 없던걸.

엄마한테 말씀드렸더니, 엄마는 내가 옷을 말끔하게 입고 다녀서 친구들이 시기하는 거래.

아빠에게도 고민을 털어놓으려고 가 봤더니, 아빠는 바쁘다며 말도 못 붙이게 하는 거 있지?

내 얘기를 오랫동안 들어주는 건 너뿐이야.

1941년 12월 25일

예상했던 대로 거리에 크리스마스 분위기는 전혀 나질 않아. 오히려 사람들의 표정은 더욱 침울해진 것 같아.

반면에 아빠의 식당에선 살찐 독일인 장교가 캐럴을 목청껏 불러, 그 소리가 식당 밖까지 들리더구나. 나는 식당 일이 끝날 때까지 아빠를 기다리려다, 아빠가 군인들에게 아부떠는 모습이 보기 싫어서 집으로 돌아와 버렸어.

독일인 장교가 아빠의 등을 세차게 때리며 웃어도, 아빠는 아픈 내색 없이 더 크게 웃고 계시더구나.

결국 아빠는 밤 늦게까지 집에 오시지 않았어. 엄마와 나 단둘이 크리스마스 밤을 보냈단다. 내색은 안 하셨지만 엄마의 눈에 눈물이 맺힌 것을 본 것 같아.

사실은 너에게 이런 말들을 하는 게 걱정돼. 나중에 어른이 돼서 널 펼쳐 보았을 때, 이런 아픈 기억들을 떠올리고 싶지 않거든.

시간 가는 줄 모르고 책에 빠져 있던 파라는, 이 글이 마지막 장임을 확인하고 아쉬운 듯 한숨을 내쉬며 중얼거렸다.

"너무 짧은걸."

수업이 끝난 뒤, 파라는 다시 야밀 선생을 찾아갔다.

"선생님, 저…… 드릴 말씀이 있어요."

야밀 선생이 침통한 표정의 파라를 보곤 물었다.

"무슨 일이니, 파라야?"

"……."

선생은 한 걸음 더 가까이 다가가 부드럽게 말했다.

"혹시 종이를 잃어버렸니? 새로 프린트를 하면 되니, 너무 걱정 말거라."

"아뇨. 실은…… 다음 편은 언제쯤 받을 수 있을까 해서요."

파라의 말이 너무도 뜻밖인지라 야밀 선생은 한참을 믿을 수 없단 표정을 지었다.

"벌써 다 읽었단 말이니?"

"……네. 아침 수업 시작 전에 조금 읽고, 나머지는 점심시간에 읽었어요."

파라를 물끄러미 바라보던 야밀 선생은 여전히 믿을 수 없다는 듯 물었다.

"글쎄…… 네 나이에 아랍어를 이렇게 빨리 읽다니, 정말 대단하구나. 혹시 어려운 단어는 없었니?"

평소에 책 읽는 걸 즐기던 파라에게 낯선 단어는 별로 없었지만, 난생처음 들어본 단어는 있었다.

"선생님, '게토'가 뭐예요?"

야밀 선생은 예상하지 못한 질문에 잠깐 당혹스러운 표정을 지었지만, 본인이 아디나의 일기를 번역하면서 '언젠가 파라가 게토에 대해 물어볼 수도 있겠구나'라고 생각했기에 차분히 설명해 나갔다.

"이 책에 나오는 '게토'는 말이야. 1940년경에 독일군이 유대인들을 한곳에 모아놓고 주위에 벽을 둘러 강제로 살게 했던 장소를 가리킨단다."

"우리처럼 말이에요?"

"응?"

"지금 우리들도 벽에 둘러싸여 살고 있거든요."

파라가 가자 지구를 둘러싼 분리장벽을 묘사하려고 손을 최대한 높게 들어 보이자, 야밀 선생이 씁쓸한 웃음을 지으며 말했다.

"그래, 비슷하단다."

파라가 물었다.

"하지만, 유대인이잖아요?"

"뭐가?"

"이스라엘 사람들은 모두 유대인이 아닌가요?"

"대부분 그렇단다."

"그러면 이스라엘 사람들도 전에는 벽에 갇혀 있던 거네요?"

"그렇지. 다는 아니지만. 왜냐면 그들 대부분은……"

그는 뭔가를 말하려다, 이내 말끝을 흐리곤 침묵했다.

잠시 정적이 흘렀고, 파라가 다시 물었다.

"선생님, 이해가 가지 않아요. 갇혀 있는 걸 좋아하는 사람은 아무도 없지 않나요?"

"그렇지."

"그럼 이스라엘 사람들은 그 기분을 알면서 왜 저희를 가둬 놓는 거예요?"

야밀 선생이 파라를 측은하게 바라보며 말했다.

"영어선생인 내겐 너무 어려운 질문이구나……"

그는 더 이상 말을 잇지 못한 채 팔짱을 끼고선 창밖을 응시했다.

파라는, 야밀 선생의 얼빠진 표정을 보고, 혹시 자신이 선생의 기분을 상하게 했나 싶어 아무 말도 못 한 채 쭈뼛거렸다.

잠시 후, 야밀 선생이 나지막이 입을 열었다.

"사람들은……"

"네?"

그는 잔뜩 긴장하고 있는 파라의 눈을 잠시 들여다보더니 계속 말을 이었다.

"사람들 대부분은…… 자신의 시선에 갇혀 있단다. 네가 만약 바닷가에 서서 바다를 바라보고 있다면, 바다만 보이겠지?"

"네."

"하지만 주위를 둘러보면 해변도 있고, 숲도 있고, 산도 있지. 조금만 고개를 들면 해와 구름과 달도 볼 수 있단다. 바다만 보고 있는 사람은 바다가 전부인 줄 알지만 실은 그게 아냐. 조금만 시선을 바꾸면 더 많은 것을 볼 수 있단다……"

이해를 못 한 것인지 혼란스러워하는 파라의 표정을 보곤 야밀 선생이 머리를 긁적였다.

"너무 어렵게 설명했나 보구나."

그러자 파라가 말했다.

"그럼, 어떻게 뒤를 돌아보게 만들죠?"

"뒤라니?"

"이스라엘 사람들이 뒤를 돌아보게 만들고 싶어요! 어떻게 하죠?"

"글쎄……"

그때, 무언가 생각이 났는지 파라가 펄쩍 뛰며 소리쳤다.

"선생님! 꽃이에요!"

"꽃?"

"선생님이 이스라엘 사람들은 바다만 바라보고 있다고 하셨잖아요. 이스라엘 사람들에게 꽃을 건네주고, 뒤에 이런 꽃이 한가득 있다고 말하면 뒤를 돌아보지 않을까요?"

파라는 꽃바구니를 품에 안은 듯 팔을 둥글게 말아 보였다.

"이런, 세상에."

야밀 선생은 자신의 말을 곧이곧대로 받아들인 파라의 순진함에 웃음보가 터졌다.

"선생님! 왜 웃으세요!"

"하하, 파라야. 내 말뜻은 이스라엘 사람들이 정말로 바다만 보고 있다는 게 아니라……"

그는 말을 이어 나가려다 호기심 가득한 눈으로 자신을 바라보고 있는 파라를 보고선, 크게 심호흡을 한 뒤 다시 말했다.

"그래, 꽃은 어떤 꽃이 좋겠니?"

"해바라기요!"

파라가 숨 쉴 틈도 없이 재빠르게 대답하자, 야밀 선생은 물었다.

"왜 하필 해바라기니? 더 예쁜 꽃들도 많은데."

그러자 파라가 배시시 웃으며 신발을 벗고선 의자 위로 올라갔다. 그러고선 가녀린 팔을 최대한 천장으로 뻗으며 말했다.

"해바라기는 키가 크잖아요. 계속 자라서 벽보다 키가 커지면, 이스라엘 사람들도 볼 수 있을 거예요."

파라의 말을 들은 야밀 선생의 눈가에, 어느새 눈물이 고여 있었다. 그리고 그 눈물이 볼을 타고 흘러내릴 새도 없이, 파라가 작은 손으로 눈물을 닦아 주었다.

야밀 선생의 눈에선 하염없이 뜨거운 눈물이 흘러 파라의 손을 적셨지만, 그의 입만은 오래도록 웃고 있었다.

다음 날, 야밀 선생이 찾아와 파라가 인사를 건네기도 전에 종이 뭉치를 꺼내 들었다. 그는 달려온 것인지 살짝 숨차하며 말했다.

"기다렸지? 선생님이 마감일은 꼭 지킨단다."

파라는 야밀 선생의 농담을 듣곤, 어리둥절한 표정으로 물었다.

"마감일이라뇨?"

그는 웃으며 대답했다.

"아무것도 아니야. 그나저나 네게 할 말이 있단다."

"네, 선생님."

"아마 너도 눈치챘겠지만, 이 책은 그다지 즐거운 책이 아니란다."

파라는 방금 받은 종이 뭉치를 이리저리 살펴보더니 말했다.

"하지만 베스트셀러라고 하셨잖아요."

파라가 이해 안 된다는 표정으로 밀을 이있다.

"베스트셀러는 사람들이 많이 본 책을 뜻한다면서요? 읽을 때 즐겁지 않다면, 누가 그 책을 읽고 싶겠어요? 많은 사람이 봤다는 건, 그만큼 책이 재밌다는 것 아닌가요?"

야밀 선생은 한동안 생각에 잠겼다. 첫 만남 때부터 지금껏 보아왔던 파라는 분명 또래 아이들보다 똑똑하고 야무졌다. 하지만 이렇게 아무것도 모르는 얼굴로 갑자기 질문해 올 때는, 다른 아이들과 마찬가지로 철모르는 순수한 아이 그 자체였다.

파라에게 아디나의 일기를 번역해 주는 건, 너무 무모한 행동일까 잠시 후회가 됐다. 하지만 이제 와서 번역을 못 하겠다고 하면, 실망할 게 분명했다.

그는 작게 한숨을 내쉬고선 말했다.

"파라야, 즐거운 책만 베스트셀러가 되는 것은 아니란다. 사람들은 가끔 비극적이거나 슬픈 책도 찾아 읽거든."

파라가 고개를 절레절레 흔들며 말했다.

"그럴 리가요. 누가 일부러 슬픈 감정을 느끼고 싶겠어요?"

야밀 선생은 파라의 어깨에 손을 올리곤 다정하게 말했다.

"음…… 파라야. 선생님이 지금은 너에게 딱히 해 줄 말이 없구나. 파라가 좀 더 크면 이해하게 될 거야."

파라는 크게 실망했다. 지금 이해가 안 되는 것은 커서도 분명 이해가 안 될 텐데, 크면 이해할 거라며 말을 얼버무리는 어른들이 미웠다.

야밀 선생도 그런 어른 중의 한 명이라고 생각하니 마음속에 미운 감정이 일렁였으나, 미워하기엔 그에게 받은 사랑이 크단 생각에 성난 마음을 접기로 했다.

대신에 자신의 어깨 위에 올려진 야밀 선생의 손을 힐끔 보더니 고개를 빳빳이 들고 말했다.

"저는 어른이 되어도 지금과 똑같을 거예요."

4장

1942년 1월 2일

아침에 비밀 학교에 가다가, 죽은 사람을 봤어. 뼈 위에 살가죽만 올려놓은 듯 깡말라 있었어. 그 모습을 보니 그가 어떻게 죽었는지 짐작이 되더라고.

더 끔찍한 게 뭔지 아니? 이제 난 시체를 봐도 무섭지 않아. 처음 거리에서 죽은 사람들을 봤을 땐, 너무 무서워서 얼어붙어 버렸거든? 그때는 정말이지 발걸음을 뗄 수 없었어.

하지만 요새는 죽은 사람을 너무 많이 보다 보니 놀랍기보다 그저 암울한 기분만 들어.

지금 거리는 음식을 구걸하는 사람들로 넘쳐나. 다들 앙상하게 말라 있고 하나같이 굶주려 있지. 그렇지만 아빠의 식당에선 음식 냄새가 끊이질 않아. 독일 장교들이 끼니를 전부 우리 식당에서 해결하거든.

참, 이젠 학교에서 아이들이 날 따돌리는 이유가 궁금하지 않단다. 어제 식당 뒤편에서, 쓰레기통을 뒤지던 반 아이와 눈이 마주쳤거든.

1942년 1월 3일

매일 우울한 소식만 들려줘서 미안해. 하지만 오늘만큼은 아냐. 왠지 아니? 물론 모르겠지. 음…… 넌 내 친구니까 특별히 말해줄게.

내 예전 친구들이 모두 게토 밖에 있는 건 알고 있지? 말해주지 않았나?

아무튼 난, 게토에 들어온 이후로 친구를 사귀려고 무진장 애를 썼어. 하지만 모두 우울한지 친구를 사귈 기분은 아니었나 봐. 그래서 여태까지 친구 없이 지냈는데, 어제 옆집에 새로운 가족이 이사 온 거야.

엄마랑 그들이 이야기하는 걸 몰래 들었는데, 부부가 독일에서 꽤 유명한 가수였대. 엄마도 시간이 좀 지나자 알아보시더라고.

엄마는 부부에게 요즘 같은 때에 우리 집 같은 곳에 살려면, 어느 정도 위치에 있어야 하는지를 장황하게 자랑하더구나. 그리고 한참이 지나서야 나를 '파울라'라는 아이에게 소개시켜 줬어.

파울라는 나보다 한 살 언니였는데, 말을 나누다 보니 참 괜찮은 아이더라고. 시간 가는 줄 모르고 이야기 나누다, 왜 이렇게 늦게 게토에 들어왔는지 조심스레 물었어.

그러자 파울라가 씁쓸한 표정으로 이유를 말해줬는데, 불과 몇 달 전까지만 해도 파울라네 가족은 자기들이 유대인 혈통이란 걸 몰랐대. 파울라네 가족들은 전부 기독교를 믿었거든.

그런데 며칠 전, 파울라의 먼 친척이 군인들에게 잡혀 들어가면서, 증조부가 유대인이란 게 뒤늦게 밝혀진 거야.

곧 집에 군인들이 들이닥쳤고, 가족 모두 게토로 오게 된 거지.

말을 마친 파울라는 금방이라도 울 것 같은 표정이었어. 나는 머리띠를 빼서는, 그 애 머리 위에 얹어 주었어. 화려한 장식도 없는 수수한 머리띠지만, 파울라의 적갈색 머리 위에 얹어 놓으니 꽤나 근사했단다.

다행히 파울라는 울지 않고 방긋 웃었어. 참 다행이지 뭐야.

1942년 1월 6일

미안, 미안. 파울라와 노느라 널 만나는 것도 잊었지 뭐야.

사과의 의미로, 오늘은 파울라에 대해서 더 이야기해 줄게.

너도 그 애의 붉은 머리카락을 보면 파울라가 얼마나 아름다운지 알게 될 거야. 얼굴의 주근깨만 아니라면, 꽤 미인이란다.

그래서 내가 우리 엄마가 쓰는 화장품을 주며, 그걸로 주근깨를 가려보라고 말했지. 그런데 뭐라는 줄 아니?

자신은 있는 그대로의 자기 모습을 사랑한다며 정중하게 거절하는 것 있지.

파울라는 나보다 겨우 한 살밖에 많지 않지만, 그 순간만큼은 나보다 훨씬 의젓해 보이더구나. 나도 나 자신을 사랑하는, 어른스러운 사람이 되고 싶어.

1942년 1월 12일

군인들이 우리를 다른 곳으로 이주시킨다는 소문이 돌고 있어.

가축 수송용 열차에 태워 가장 가까운 수용소에 보낼 거래. '수용소'라니? 그런 곳은 포로들이나 가는 데 아니야?

심지어 요즘 아빠의 표정도 심상치 않아. 평소에 이런 소문을 들으면 헛소리라며 미동도 안 하셨는데, 내가 이 얘기를 꺼내자 아빠의 얼굴이 하얗게 굳어졌어. 나도 덩달아 놀라서, 지금 이 글을 쓰는 순간에도 무서운 기분이 들어.

소문이 사실일까? 설령 내가 수용소라는 곳에 가게 되더라도, 너는 꼭 잊지 않고 챙길게.

이런 말 하면 미안하지만, 군인들도 한낱 일기장 따위는 빼앗지 않을 거야.

1942년 1월 13일

저녁 내내 부모님이 싸우고 있어.

엄마는 계속해서 진작 미국으로 도망갔어야 했다며 아빠에게 화내고 있고, 아빠도 스위스로 가는 걸 반대했던 건 엄마였다며 서로를 탓하고 있어.

널 만나면 기분이 좀 나아질 줄 알았는데, 저렇게 싸우고 있는 소리를 듣고 있으니 너무 심란하구나. 오늘은 이만 줄일게.

1942년 1월 15일

군인들이 게토에 있는 사람들을 수용소로 보낸다는 이야기는 더 이상 소문이 아니야.

어제 줄지어 걸어가는 노인과 장애인들을 봤거든. 제대로

서 있지도 못하는 그들을, 군인들이 발길질해대며 열차에 태우더구나.

먼발치서 그들의 이름을 부르며 울고 있는 가족들을 보니, 나도 형언할 수 없이 슬퍼져 펑펑 울었어.

옆에 있던 사람이 말하기를, 그 사람들은 모두 도살장으로 끌려가는 짐승이나 마찬가지래.

처음엔 그 말이 이해가 가지 않았는데, 일할 능력이 없는 사람들은 총으로 쏴 죽이거나 가스실로 보내 질식시켜 죽인다는 말을 듣고 무슨 뜻인지 알겠더구나.

가스라면 독가스를 말하는 거겠지? 아빠가 전쟁 때, 겨자 가스를 들이마신 적 있다고 하셨는데, 몹시 고통스러웠다고 하셨어.

우리를 가둬 놓은 군인들은 사람의 마음이 없는 걸까? 분명 그들도 독일에 가족이 있을 텐데…….

1942년 1월 18일

새벽 늦은 시간에 밖이 소란하기에 내다보았더니, 군인들이 사방팔방으로 빛을 비추며 무언가를 찾고 있었어.

아침이 돼서야 무슨 일인지 알게 됐는데, 한 가족이 벽 밑에 구멍을 내고 거기로 빠져나갔다는 거야.

아빠는 얼마 못 가 붙잡힐 게 분명하다며 고개를 저으셨지만, 나는 그렇게 생각하지 않았어. 일단 벽만 빠져나가면 어떻게든 될 거라고 생각했거든.

나는 두 손 모아 그 가족들이 무사히 탈출하기를 기도했어. 벽 밖으로 나가 하고 싶은 걸 원 없이 하며, 행복하기를 진심으로 기도했지. 그들이 육교 위에 나란히 목매달려 있는 걸 보기 전까지 말이야……

그나마 위안이 되는 건, 그 사람들이 잠시나마 자유를 만끽했다는 거야.

아마 이렇게 말하는 게 넌 이해가 되지 않겠지? 자유보다 목숨이 더 값지다고 생각할 테니까. 하지만 엉성하지만 무엇보다 견고한 저 벽이 우리 가족을 가두고 나서야, 나는 자유의 소중함을 깨달았어.

자유라는 건 말이야. 평소에는 알 수 없어. 의식조차 하지 못하지. 자유는 잃어버렸을 때, 진정한 의미를 알 수 있는 거야…….

나는 언제쯤 저 벽을 넘어서 자유롭게 살 수 있을까…….

어젯밤 파라는, 가축을 싣는 열차에 노인과 장애인 들이 가득 실리는 모습을 상상했다. 열차에 실리는 사람들은 '우워' 하며 짐승처럼 울부짖었다. 그 끔찍한 모습을 실제로 본 아디나는 얼마나 무서웠을까? 파르르 떨리는 종이 뭉치 위로 눈물이 떨어졌다.

'아디나가 행복했으면 좋겠어요.'

'아무도 다치지 않았으면 좋겠어요.'

파라는 밤새도록 기도했다.

다음 날, 학교 가는 길. 파라는 오늘도 언덕 위 비탈길을 올라간다. 비탈길을 쉼 없이 올라가고 나면 비교적 평지가 나오는데, 이때쯤이면 이마에 송골송골 맺혔던 땀이 흘러내려 뺨을 간지럽힌다.

아디나의 다음 일기가 궁금해 빨리 학교에 가고 싶었지만, 밤늦게까지 잠을 못 잔 탓인지 평소보다 더 빨리 지쳤다. 결국 파라는, 언덕 위 우물 옆에 잠시 기대서는 숨을 골랐다.

그때, 도대체 무슨 이유에선지 머릿속에 '올리브 농장'이 떠올랐다. 왠지 이 순간 올리브 농장에 가야 할 것만 같은 강렬한 느낌이 들었다.

농장에서 누군가 자신을 애타게 찾고 있는 것 같다는 생각마저 들자, 파라는 알 수 없는 힘에 이끌려 올리브 농장 쪽으로 걸어갔다.

몇십 분쯤 걸었을까? 점점 힘이 빠진 파라는 울먹이듯 말했다.

"도대체 어디야. 이만큼 걸었으면 나올 때가 됐잖아……"

다시 돌아갈까 생각했지만 이미 너무 멀리 걸어온지라 좀 더 가 보기로 했다. 그렇게 십여 분을 더 걷자 정말 '올리브 농장'이 나왔다!

하지만 파라는 힘이 탁 풀려 그 자리에 주저앉았다. 그리곤 눈물이 날 것 같아, 가슴을 꼭 부여잡았다. 주위를 휘 둘러보는데, 시체처럼 말라죽은 나무만이 한가득이었기 때문이다. 더 이상, 예전에 보았던 올리브 농장이 아니었다.

원래 이맘때라면 싱그러운 초록 잎사귀를 자랑하는 올리브나무가 농장을 가득 메웠을 것이다. 그러나 이스라엘 군인들이 농장으로 흐르는 강줄기를 막아 버려, 남아 있는 것이라곤 말라죽은 올리브나무뿐이었다. 유대인 정착지 건설을 위해 농장 부지 절반을 넘기라는 이스라엘의 명령을, 농장 주인 카림 씨가 따르지 않아 벌어진 일이었다.

멍하니 죽은 나무들을 바라보던 파라의 눈이 어딘가에 멈춰 섰다. 또다시 무언가에 홀린 듯, 죽은 올리브나무들을 헤치며 앞으로 달려나갔다.

이윽고 올리브 농장을 빠져나오자, 회색 콘크리트 장벽이 눈에 들어왔다. 커다란 장벽은 파라의 키보다 수십 배는 높아 보였고, 한쪽 지평선부터 다른 쪽 지평선까지 죽 늘어져 있었는데, 그 길이는 끝이 보이지 않을 정도로 길었다.

파라는 거대 장벽 아래에서 깊은 무력감을 느꼈다. 장벽을 처음 본 것은 아니었지만, 전에 봤던 장벽들보다 훨씬 더 높아 보였다.

장벽 가까이 더 다가갔다. 아디나가 게토의 벽을 보며 느꼈을 감정을, 자신도 느끼고 싶었다. 벽 앞에 다다라 숨소리를 죽이고, 벽을 향해 손을 뻗었다.

얼음보다 차가울 것 같던 장벽은, 막상 손을 대보니 햇볕을 받아 따뜻했다.

장벽에 손을 올린 채 눈을 지그시 감자, 얼마 지나지 않아 장벽 반대편에서 자신처럼 손을 대고 있는 아디나의 모습이 보였다. 파라는 장벽에 올린 손가락 사이사이로 아디나의 온기를 느끼며, 꿈꾸듯 속삭였다.

"아디나, 안녕?"

5장

　　　엄마는 창백하게 굳은 얼굴로, 아버지를 쳐다보며 전화기를 들었다.

"아무래도 경찰에 신고하는 게 좋겠어요."

침통한 얼굴로 뒷짐을 진 채 집 구석구석을 훑듯 돌아다니던 아버지도, 마침내 멈춰 서선 말했다.

"아니, 내가 직접 다녀오지."

그가 윗옷을 챙겨 입고 나가려는 찰나, 누군가가 현관문을 두드렸다. 다급히 문을 열자 경찰이 서 있었다. 아버지와 눈이 마주친 경찰은 가볍게 인사하며 말했다.

"파라 양의 부모님이신가요?"

아버지는 경찰 옆에 서 있는 파라를 보고선 안도의 한숨을 내쉬었다. 그러곤 평소와 같이 신경질적으로 대답했다.

"맞소. 대체 어떻게 된 일이오?"

경찰이 대답했다.

"장벽에 있던 파라를 이스라엘군이 구금하고 있다가, 방금 인도받았습니다."

아버지가 놀라 물었다.

"장벽이라니? 올리브 농장 너머 장벽 말이오?"

경찰이 파라의 머리를 쓰다듬곤, 미소 지으며 말했다.

"네. 장벽 아래에서 잠을 자고 있었다더군요. 이스라엘 군인들도 황당히 여기던데요."

아버지는 더 할 말이 없다는 듯, 한껏 인상을 찌푸리며 말했다.

"아무튼 알겠소. 어찌 됐든 데려다줘서 고맙소."

경찰이 차로 돌아가자, 현관 앞에 홀로 남겨진 파라는 아버지에게 혼날까 두려워 고목나무처럼 서 있었다. 엄마가 그런 파라 곁으로 한걸음에 달려가 꼭 껴안으며 말했다.

"파라가 무사해서 다행이에요! 그렇죠, 여보?"

아버지는 모녀를 물끄러미 바라보더니, 다시 인상을 찌푸리곤 퉁명스럽게 대답했다.

"경찰들도 마냥 놀고먹는 것만은 아니군."

"……정말 죄송해요."

아버지가 대답이 없자 파라는 후다닥 제 방으로 들어가, 흙투성이가 된 옷을 갈아입고 말끔히 씻은 뒤 잘 채비를 했다.

그때, 아버지가 노크도 없이 방에 들어왔다.

파라가 쭈뼛쭈뼛 눈치를 보고 서 있자, 아버지가 먼저 입을 열었다.

"널 찾느라 저녁 내내 온 마을을 뒤졌다. 엄마가 얼마나 걱정했는지 알고 있느냐?"

"……."

그는 들고 온 차를 한 모금 들이마시더니, 이어 말했다.

"혹시나 해서 학교에 전화했더니, 야밀 선생이라는 작자가 짐작 가는 곳이 있다더구나. 그래서 어디냐고 물었더니 '장벽'이라고 하더군. 나는 그 말을 듣고 네가 왜 장벽에 갔겠냐며 화를 내며 전화를 끊었지만, 결국 그 인간 말이 맞았어!"

아버지가 말을 마치고 파라를 바라봤지만, 파라는 어깨를 잔뜩 움츠린 채 미동도 없었다.

"난 오늘 네가 학교까지 빼먹으면서 장벽에 간 이유를 알아야겠다. 네가 직접 말하지 않는다면, 내가 야밀 선생에게 내일 직접 찾아가서 물어보마. 그 작자는 뭔가 알고 있는 것 같으니 말이다."

파라가 여전히 꿀 먹은 벙어리처럼 아무 말도 하지 않자, 아버지는 답답한 듯 크게 숨을 들이켜고는 말했다.

"왜 안 하던 짓을 하고 그러는 거냐! 도대체 애비에게 뭘 숨기고 있냔 말이다!"

그는 책상으로 다가갔다. 그러자 파라가 본능적으로 아버지의 옷자락을 붙잡았다. 하지만 간단하게 파라의 손을 뿌리치고, 딸의 책가방을 거꾸로 들어 그 속에 있는 모든 물건을 꺼내는 아버지였다.

그때, 그의 발끝으로 종이 뭉치가 굴러떨어졌다. 그는 종이 뭉치를 들어 무엇인지 확인해 보려고 펴들었다. 파라는 깜짝 놀라 아버지를 말리고 싶었지만, "돌려주세요"라는 말이 입가에서만 맴돌 뿐 겁이 나 차마 말할 수 없었다.

아버지는 아디나의 일기를 한 장, 한 장 넘겨보았다. 장 수가 거듭될수록 그의 표정은 점점 일그러졌다. 종이를 넘기는 속도가 점점 빨라지더니, 마침내 그는 파라를 향해 화를 내며 크게 소리 질렀다.

"도대체, 누가 이딴 걸 준 거냐!"

파라는 깜짝 놀라 자기도 모르게 대답했다.

"야, 야밀 선생님이요……"

아버지가 매서운 눈으로 쏘아보며 말했다.

"이게 어떤 책인 줄은 알고 있는 게냐?"

"……일기장이요."

"일기장인 건 나도 안다. 책이 무슨 내용인지 아느냐고 묻는 거다."

"아직 조금밖에 안 읽어서 잘 몰라요. 이건 야밀 선생님이 매일 서너 장씩 번역해 주시는 거예요……"

그는 잠시 말이 없더니, 이윽고 뭔가를 결심한 듯 입을 열었다.

"내일 야밀 선생을 만나봐야겠다."

"하, 하지만……"

아버지는 내일 아침 일찍 일어나라는 말을 남기고선 방문을 쾅 닫고 나가 버렸다.

파라는 혼란스러운 기분을 얼른 지우고 싶어, 얼굴을 베개에 파묻고 악 소리를 질렀다. 하지만 혼란이 가시기는커녕 이내 불안감이 마음을 잠식했다.

머릿속에 온갖 걱정이 들었다. 아버지가 야밀 선생님에게 해를 끼칠까 봐 두려움도 일었다. 분명 좋지 않은 의도로 야밀 선생을 만날 것을 알기에, 머리가 지끈거렸다.

도대체 왜 장벽까지 갔을까 자신을 자책했지만, 이미 엎질러진 물이었다.

이튿날, 아버지는 다리를 절뚝이며 학교 교무실에 들어갔다. 그는 자리에 앉아 있는 직원에게 신경질적으로 물었다.

"야밀 선생이 누구요?"

직원이 야밀 선생을 손가락으로 가리키자, 아버지가 굳은 표정으로 선생을 향해 걸어갔다.

"당신이 야밀 선생이요?"

"네, 그렇습니다만…… 아, 혹시 파라의 아버님이신가요?"

야밀 선생의 말이 끝나기가 무섭게 아버지가 종이 뭉치를 책상에 집어던지며 말했다.

"당신이 파라에게 이걸 줬소?"

"……예. 그렇긴 한데, 일단 진정하시는 게 좋을 것 같습니다."

아버지는 성난 목소리로 종이 뭉치를 가리키며 말했다.

"당신, 당신도 이 책을 읽어 봤을 것 아니오?"

"……예. 물론 읽었습니다."

"그런데 이 사람이!"

파라의 아버지는 혈압이 오른 듯 목덜미를 잡더니, 흥분을 가라앉히기 위해 심호흡을 연거푸 했다.

"내 꼴이 지금은 우스워 보여도, 나도 대학까지 나온 사람이오. 그리고 물론 이 책도 읽어 봤지. 이 책에서 소녀가 결국 어떻게 됐는지 기억하시오?"

"……물론입니다."

"그럼 직접 입으로 말해보시오."

"안타깝지만, 아디나는 수용소로 끌려가서 결국…… 아, 이런……"

순간 야밀 선생의 머릿속에 파라의 환히 웃는 얼굴이 떠올랐다.

처음엔, 유대인들도 파라와 같은 아픔을 겪었다고, 모든 이스라엘 사람들이 나쁜 것만은 아니라는 걸 말해주기 위해 '아디나의 일기'를 알려주고 싶었다.

무엇보다 파라와 나이가 비슷한 아디나가 험난한 상황 속에서도 씩씩하게 생활하는 것을 보여 주며, 파라 역시 용기를 가졌으면 하는 바람으로 번역을 약속했던 것이었다.

하지만 번역하는 내내 내용은 암담하기 그지없었고, 일기의 결말은 처참하기만 했다.

더 이상 말을 잇지 못하는 야밀 선생을 냉정한 눈빛으로 바라보던 파라의 아버지가 한껏 고개를 치켜들며 말했다.

"이제 이해하겠소? 파라는 제 나이 또래 아이들보다 감수성과 상상력이 풍부한 애요. 우리 딸은 이미 이 책에 온 정신이 팔려 있소."

야밀 선생은 고개를 푹 숙인 채 묵묵히 말을 듣고만 있었다.

"어젯밤엔 당신 말대로 올리브 농장을 지나 장벽까지 갔더군. 아마 이 책을 읽고 간 거겠지? 당신이 예상했듯 말이야. 파라는 그런 애요."

잠시 침묵이 흐르고 야밀 선생이 가까스로 입을 열었다.
"아버님 말씀이 맞습니다. 그만두는 게 좋겠습니다."
아버지는 대답 대신 코웃음을 쳤다.
"저……. 파라에게는 어떻게 설명할까요?"
"설명이라니?"
"갑자기 번역을 못 해주겠다고 하면, 파라가 크게 실망할 텐데요."
"그건 당신이 해결할 일이지. 당신이 저지른 일이니, 당신이 끝내시오. 단, 우리 딸이 조금이라도 상처받는 일이 생긴다면, 내 당신을 가만 안 두겠소."
야밀 선생은 주먹을 불끈 쥐고 자신을 노려보는 파라의 아버지를 보며 엷은 미소를 힘겹게 지어 보였다.

파라의 아버지를 겨우 달래 보낸 선생은, 홀로 운동장 한편에 앉아 고민에 빠졌다. 더는 아디나의 일기를 볼 수 없어 실망할 파라의 모습을 떠올리니 교실로 돌아갈 엄두가 나지 않았다.
그때, 수위 할아버지가 다가와 말을 건넸다.
"곧 수업 시간인데 여기서 뭐하는 겐가?"
"아침에 파라의 아버지가 찾아와서, 더 이상 아디나의 일기를 파라에게 번역해 주지 말라고 하시더군요."

야밀 선생의 말에 수위 할아버지가 놀란 얼굴로 물었다.

"아니, 왜? 아디나가 유대인이라서 그런 겐가?"

"아니요. 파라가 어제 학교를 빼먹고 농장 넘어 장벽을 간 모양이에요. 아디나의 일기를 보고, 자기도 장벽을 보고 싶었나 봐요."

수위 할아버지가 혀를 끌끌 차며 말했다.

"그러게 내가 처음부터 말하지 않았나. 파라는 그 책을 읽기엔 너무 순수해. 하지만 고작 그런 이유로 학교까지 찾아왔다는 겐가?"

"고작이 아니에요. 파라의 아버지도 아디나의 일기를 알고 있었어요. 그래서 파라가 책의 결말을 알게 되면 어떤 반응을 보이겠냐며 물어보시더군요. 저는 아무 대답도 하지 못했죠……"

둘 사이에 긴 침묵이 흘렀다. 수위 할아버지가 무언가를 말하려다가 조용히 고개를 저었다.

야밀 선생이 물었다.

"뭔가 해결 방안이 있으신가요?"

"아닐세. 늙으니 별생각이 드는군."

"그러지 말고 말씀해 주세요."

야밀 선생이 계속해서 캐묻자 수위 할아버지가 파라가 있는 교실을 주시한 채, 낮은 목소리로 말했다.

"우리가 아디나의 일기에서 결말만 새로 쓰는 건 어떻겠나? 파라가 실망하지 않게끔 말이야."

"……결말을 새로 쓰자고요? 저보고 파라에게 거짓말을 하라는 말씀이신가요?"

그러자 수위 할아버지가 고개를 저으며 말했다.

"가끔은 사실보다 거짓말이 나은 법이야. 내가 '그곳'에 있을 때 부모님은, 이 모든 게 다 게임이라고 했어. 독일군도 게임의 일원이고, 배고픔과 두려움이라는 난관을 이겨 내면 이 게임에서 우승할 수 있다고 하셨지. 부모님의 그런 거짓말이 있었기에 난 살아남을 수 있었어. 비록 눈 하나는 잃었지만 말이야."

수위 할아버지의 말을 곰곰이 곱씹던 야밀 선생이 말했다.

"하지만 파라가 커서 진실을 알게 되면, 우리를 원망하지 않을까요?"

수위 할아버지는 확신이 담긴 어조로 말했다.

"아니. 파라는 커도 파라로 남을 거야. 그게 우리가 지금 하려는 일이잖나."

6장

야밀 선생이 교실로 돌아오자, 파라는 고개를 푹 숙였다. 도저히 야밀 선생을 볼 용기가 나지 않았다. 수업 내내 책 속에 고개를 파묻고 불안해하다, 수업이 끝났음을 알리는 종소리가 들리자 자리를 박차고 나갔다.

"파라야!"

파라는 야밀 선생의 목소리를 뒤로한 채 계속해서 달렸다. 몇 번 더 선생이 자신을 부르는 것 같았지만, 소리는 점점 멀어져 갔다.

'선생님, 죄송해요……'

야밀 선생이 아디나의 일기 번역본을 준 것이라고 실토하지만 않았어도 아버지가 그를 찾아갈 일은 없었다. 그렇게 자책하며 한참을 달리다, 학교가 점처럼 작게 보이는 지점에 와서야 가쁜 숨을 몰아쉬었다.

얼굴이 터질 듯 힘껏 달리고 나니 답답한 마음이 조금은 가셨다. 이전에도 파라는 답답한 마음이 들 때면, 죽을힘을 다해 달리곤 했다. 달릴 때만큼은 모든 것을 잊을 수 있었기 때문이다.

하지만 잠시 숨을 고르는 사이, 기억의 저편에서 야밀 선생의 얼굴이 불쑥 튀어나왔다. 파라는 깜짝 놀라 다시 마을을 향해 달렸다.

집에 거의 다다르니 아버지의 고함이 들렸다. 아버지는 기차 화통을 삶아 먹은 듯 큰소리로 화를 냈다.

"너 같은 녀석은 꼴도 보기 싫으니 나가거라!"

파라는 직감적으로 하딤 오빠가 돌아온 것을 알았다. 허겁지겁 집으로 달려가자 현관문을 열고 나오는 하딤이 보였다.

"오빠!"

파라가 한걸음에 달려가 품에 안기자, 하딤은 파라의 머리를 다정하게 쓰다듬으며 말했다.

"파라야, 오랜만이구나."

하딤의 품에 안긴 파라는 너무 기쁜 나머지, 자기도 모르게 눈물을 흘렸다. 하딤은 파라의 등을 조심스럽게 다독이며, 그동안 함께 있어 주지 못해 미안하다고 말했다.

그의 아내는 시위 중 목숨을 잃었다. 이스라엘군의 총에 맞아 세상을 떠난 아내. '아내'라고 해봐야 겨우 '열아홉 살'이었다. 아내는 처참한 몰골로 피를 토하다 그 자리에서 생을 마감했다.

아내가 죽고 난 후 하딤은 의연한 척했지만, 주변에서 괜찮냐고 물을 때마다 보이던 그 어색한 미소는 항상 파라의 마음을 불안하게 만들었다.

하루는 새벽 늦게까지 하딤이 집에 들어오지 않자, 온 가족이 그를 찾으러 나선 적이 있었다. 하딤을 발견한 곳은 아내의 묘 앞이었는데, 그는 핏기라고는 하나 없이 창백한 얼굴로 멍하니 서 있었다. 허공을 향한 두 눈은 초점 없이 생기를 잃었고 몸은 마치 돌처럼 단단히 굳어 있었다. 다리가 불편한 아버지가 간신히 둘러업고선 집으로 돌아와야 했다.

그로부터 며칠 뒤, 하딤은 '하마스'에 입대한다는 편지 한 통만을 남기고 집을 나간 것이다.

"오빠, 이제 집에 계속 있는 거야?"

하딤이 씁쓸한 표정을 지으며 말했다.

"아니…… 미안하다, 파라야."

"오빠는 우리가 보고 싶지 않아?"

"……보고 싶어서 집에 온 거야. 떠나기 전에 널 만나서 정말 다행이야."

파라는 안고 있던 하딤의 품을 더욱 꽉 껴안으며 말했다.

"오빠…… 가지 마."

하딤은 어린 동생을 살짝 품에서 밀어내곤, 눈을 마주치며 말했다.

"오빠는 해야 할 일이 있어."

"무슨 일인데?"

"……말해줘도 너는 이해하지 못할 거야……."

"하지만…… 오늘만 자고 가면 안 돼? 오늘만."

파라는 자신이 무슨 말을 하든 오빠가 떠날 것을 알고 있었다. 오빠의 표정이 모든 것을 말해 주고 있었기 때문이다. 한없이 여려 보이지만 한편으로는 한없이 단호한 얼굴이었다.

"파라야, 우리는 다시 만날 거야. 그때까지 건강하게, 열심히 살아야 해."

"언제까지?"

"그건 나도 모르지만, 알라의 이름으로 우린 분명 만날 수 있을 거야."

하딤의 말을 들은 파라는 너무 슬퍼 목이 멨다. 오빠를 보내 줘야 하는데, 죽도록 보내기가 싫었다. 파라는 오빠의 손가락을 한참을 닳듯이 잡아 쥐다가 마지못해 놓으며 말했다.

"알겠어……."

하딤은 눈물을 참으려고 입술을 꽉 깨물고 있는 파라의 얼굴을 쓸쓸히 쳐다보다가, 한 번 더 동생을 힘차게 껴안았다. 그리고 나서는 손을 흔들더니, 결국 제 갈 길을 갔다.
파라는 최대한 큰 목소리로 하딤을 향해 외쳤다.
"오빠! 꼭 돌아와야 해!"
파라의 목소리를 들은 하딤은 가던 걸음을 멈췄다. 하지만 뒤돌아보지 않고 다시 발걸음을 옮겨 골목 모퉁이를 돌아 모습을 감췄다. 오빠의 뒷모습이 사라지고 난 후에도, 파라는 텅 빈 골목 모퉁이를 바라보고 있었다.
얼마나 지났을까. 오랫동안 서 있었던 탓인지 다리가 저려왔다. 아쉬운 마음을 뒤로하고 집으로 돌아가려는 순간, 창가에서 밖을 내다보고 있는 아버지를 보았다.
그는 하딤이 사라진 방향을 하염없이 쳐다보고 있었다. 아버지의 금방이라도 울 것 같은 표정에 파라의 가슴이 쿵 하고 내려앉았다.

다음 날 아침, 파라는 눈이 퉁퉁 부어서는 평소보다 늦게 일어났다. 부스스한 모습으로 늦은 아침을 먹는 딸을 보곤 아버지가 말했다.
"아무리 주말이라지만, 이제 일어나 아침을 먹는 게냐?"
파라는 아버지의 잔소리에 대꾸도 없이 무기력하게 빵을

입에 밀어 넣었다. 그때 포장이 반쯤 뜯어진 채 탁자 위에 놓인 사진이 눈에 들어왔다. 포장지가 얼굴 대부분을 가려 잘 보이진 않았지만, 사진 속에 살짝 보이는 눈은 하딤이 분명했다. 그리고 그의 뒤로는 팔레스타인 국기와 총 머리가 보였다.

파라가 놀란 토끼 눈을 하며 물었다.

"엄마, 저 사진 뭐예요? 오빠 맞죠?"

파라의 질문에 엄마의 표정이 점점 굳어지더니 급기야 눈물을 쏟아냈다. 엄마의 눈물을 보고 당황한 파라는 걱정스레 되물었다.

"엄마, 어디 아파요?"

흐르는 눈물을 손등으로 닦아내며 엄마가 말했다.

"아니란다, 파라야. 실은 어제 네 오빠가 주고 간……"

그때, 아버지가 말을 끊으며 말했다.

"멍청한 녀석! 하마스 놈들에게 단단히 세뇌됐어!"

그는 분을 참지 못하고 들고 있던 신문을 마구 구겨 버렸다.

"아무리 저항해봤자 이스라엘 놈들이 콧방귀라도 뀌던가? 하나밖에 없는 아들놈이 부모에게 저딴 사진이나 주다니!"

파라가 떨리는 목소리로 걱정스레 물었다.

"저 사진이 뭔데요?"

아버지는 말문이 막힌 듯 무거운 표정으로 한숨을 토해냈다. 이윽고, 아무 말도 없이 하딤의 사진을 꺼내 들어 찬장 위에 올려놓았다.

그리고 다시 침묵. 평소와는 다른 심상치 않은 분위기에 파라도 더 이상 묻는 것을 포기하고, 조용히 아침 식사를 한 뒤 자기 방으로 들어갔다.

파라는 뒤숭숭한 마음을 달래기 위해 라디오를 켰다. 라디오라고 해봐야 수신이 제대로 되는 채널은 몇 개 되지 않았다. 파라는 그중에서도 외국 음악이 자주 흘러나오는 '가자 FM 채널'을 가장 좋아했다. 마침 라디오에서 귀에 익은 음악이 흘러나오자, 마음이 조금은 풀어지는 듯했다.

음악이 끝나고, 디제이가 방송국으로 온 시청자들의 문자를 읽었다.

"리말에 사는 압둘헤디 씨가 보낸 사연입니다. 아내가 내일 출산을 한다는군요! 부디 순산하시고, 아기한테도 이 방송 들려주는 것 잊지 마세요!"

가벼운 농담을 곁들여 소소한 사연들을 읽어 가던 디제이가 잠시 침묵하더니 사뭇 진지한 말투로 입을 열었다.

"오늘 오후 3시경, 국경 근처에서 이스라엘 정착촌 건설에 반대하는 대규모 시위가 열린다고 합니다. 가자 지구 북부 지역에 사시는 분들은, 베이트 하눈 사원 너머에 있는 평원으로 모여 주시기 바랍니다."

디제이의 말을 들은 파라는 눈이 번쩍 뜨였다. 하딤도 그 시위에 참여할 것 같단 생각이 들었기 때문이다. 그도 그럴 것이 하딤은 집을 나가기 전까지만 해도, 거리에 상관없이 시위가 열리는 족족 참가하곤 했다. 이번에 집에 들른 것도 가까운 베이트 하눈에서 열리는 시위에 가기 위해서였는지도 몰랐다.

파라는 책상 서랍을 열어, 필통 크기의 작은 양철 상자를 꺼냈다. 철제 뚜껑을 열자 그동안 모아 왔던 낡은 돈들이 보였다. 베이트 하눈까지 택시를 타고 가기엔 충분한 돈이었다.

허겁지겁 돈을 주머니에 넣고, 밖으로 나갈 채비를 했다. 방을 나서기 전, 부모님께는 뭐라고 말씀드려야 할지 고민했다.

'시위에 간다고 하면 못 가게 할 게 뻔해.'

그러다 뭔가 결심이라도 한 듯 결연한 표정으로 방문을 열고선, 거실에 있는 엄마에게 말했다.

"옆 동네에 사는 친구 집에 다녀올게요. 조금 늦을지도 몰라요······."

엄마는 대답 대신 고개를 끄덕였다. 엄마의 표정이 무거워 보였지만, 지체할 시간이 없었다. 파라는 가슴을 졸이며, 엄마 옆에 있는 아버지를 바라보았다.

아버지는 대답을 기다리는 파라를 한 번 흘겨보더니, 시큰둥하게 말했다.

"저녁 먹기 전까진 돌아오거라. 저번처럼 사고 치지 말고."

거짓말은 성공적으로 끝났다. 파라는 태연하게 거짓말을 한 자신의 모습에 놀라 얼떨떨한 기분으로 대문을 나섰다.

하지만 한 걸음, 한 걸음 집에서 멀어질 때마다 죄책감에 마음이 무거워졌다. 또, 엄마의 어두운 표정도 떠올라 가슴이 아려왔다.

'이번 거짓말이 마지막이야. 앞으로는 절대 거짓말하지 않을 거야.'

파라는 겉옷을 꽉 쥐고는 눈을 질끈 감았다. 주먹을 너무 꽉 쥔 나머지, 손바닥에 손톱자국이 패일 정도였다. 잠시 후 눈을 뜨고는 꽉 쥔 손을 가볍게 풀며 거친 길 위를 내달렸다.

파라의 표정이 왠지 모르게 전과 달라져 있었다.

7장

"베이트 하눈에 있는 사원으로 가 주세요!"

차문이 열리는 소리도 못 들을 정도로 깊이 곯아떨어져 자던 택시기사는, 파라의 당찬 목소리에 잠에서 깼다. 그는 길게 하품을 내뱉으며 말했다.

"손님, 어디로 간다고요?"

"베이트 하눈에 있는 사원이요."

택시기사가 앳된 목소리를 듣고는 뒤돌아보았다. 뒷좌석에는 작은 체구의 여자아이가 파랗고 큰 눈을 부릅뜨고 있었다.

"꼬마애가 혼자 그곳에 왜 가는 거니?"

"시위에 갈 거예요."

"시위? 부모님 허락은 받았니?"

"아뇨, 거기서 오빠를 만날 거예요."

택시기사는 잠시 고민하더니 퉁명스럽게 말했다.

"미안하지만 그런 위험한 곳을 너 혼자 가게 할 순 없구나."

"위험하다니요? 전 그냥 오빠만 찾으면 돼요."

택시기사는 어깨를 으쓱하더니, 더 할 말 없다는 듯 모자를 푹 눌러 쓰곤 눈을 감았다. 파라는 기분 상한 얼굴로 무어라 중얼거리더니 차에서 내려 다른 택시를 기다렸다. 그러나 다른 택시기사들 역시 파라가 혼자 가기엔 너무 위험한 곳이라며 손사래를 쳤다.

계속해서 퇴짜를 맞은 파라는 거짓말을 할까 생각했다. 친척 집에 간다고 하면 군말 없이 데려다줄 것 같았기 때문이다. 그 순간, 파라의 얼굴이 수치심에 벌겋게 달아올랐다. 더는 거짓말하지 않겠다고 약속한 게 불과 몇 시간 전인데, 벌써 또 거짓말을 하려고 드는 자신에게 실망한 것이다.

결국 택시 타는 걸 포기하고 벤치에 앉아 어떻게 해야 할지 고민했다. 거짓말을 하지 않고서 베이트 하눈까지 가는 방법은 걸어가는 것뿐이라는 판단이 들었다.

도중에 배가 고플 것에 대비해, 노상에서 파는 빵 몇 개를 사서 주머니에 챙겨 넣었다.

첫 한 시간은 평소 다녔던 길을 걷는 거라 그리 힘들지 않았다. 하지만 도심지를 벗어나니 이정표도 사라지고, 주위에는 풀 한 포기 나지 않은 메마른 땅뿐이었다.

막막해진 파라는 황무지 한복판에서 사람이 오기를 기다렸다. 그러나 한참을 기다려도 아무도 오지 않았고, 어쩔 수 없이 오던 길 그대로 무작정 앞으로 걸었다.

그렇게 삼십여 분을 더 걷자 이번에는 흙탕길이 나타났다. 파라는 난감한 표정으로 생각했다.

'옷이 진흙 범벅이 되면 엄마가 의심할 텐데……'

결국 바지를 무릎 위까지 걷어 올리고, 신발을 손에 든 채 맨발로 진흙탕 길을 걸었다. 발이 푹푹 빠지고 이따금 날카로운 돌 끝이 발바닥을 할퀴어 댔다.

힘겹게 진흙탕 길을 벗어나자 이번에는 경사가 급격하게 진 비탈길이 나타났다. 진흙투성이가 된 맨발을 마른 모래에 비벼내곤 신발을 신었다. 심호흡을 크게 내쉬고, 비탈길을 올랐다.

발을 내디딜 때마다 다리가 욱신거리고, 이따금 바들거리기도 했다. 하지만 하딤을 볼 생각에 기운을 내며 계속해서 올라갔다.

조금 있으니 주변에 수풀이 보였고, 정상에 오르는 길에는 꽤 울창하게 나무들이 우거져 있었다. 자꾸만 후들거리는 다리를 곧추세우며 수풀을 헤집고 올라가자 마침내 정상이 보였다.

온몸에 힘이 빠져 네 발로 기듯이 손바닥으로 땅을 짚었다. 숨이 턱까지 차오르며 심장이 쿵쾅거렸지만 안간힘을 내 앞으로 나아가 마침내 정상에 이르렀다.

파라는 경치를 둘러볼 새도 없이 바로 기진맥진해 수풀에 쓰러지듯 몸을 눕혔다. 언덕 위에서 바라본 하늘은 아찔할 정도로 푸르렀다. 구름 한 점 없이 거울처럼 맑은 하늘을 바라보는데, 등에서 느껴지는 수풀의 폭신함 때문인지 잠이 몰려왔다.

눈이 천천히 감기던 그때, 어린아이의 목소리가 들렸다.

"샬롬."

정신이 번쩍 들어 눈을 떴다. 눈앞에 웬 어린아이가 허리를 숙이곤 보물지도라도 발견한 양 파라를 보고 있었다.

아이는 파라보다는 조금 어려 보였는데, 검은 정장 차림에 유대인들이 자주 쓰는 모자를 눌러쓰고 있었다. 게다가 옆머리를 아래로 길게 늘어뜨리고 있어, 소년인지 소녀인지 구별이 가지 않았다.

파라가 수풀에서 몸을 일으키려고 하자 아이가 조금 뒤로 물러섰다.

"혹시 사람들이 어디서 시위하는지 알아?"

아이는 말을 알아듣지 못하는지 고개를 갸웃거리다, 정장

안주머니에서 반쯤 남은 생수를 꺼내 건넸다. 파라는 환하게 반색하며, 아이가 내미는 생수병을 받고선 물을 벌컥벌컥 마셨다.

생수병을 다 비우자 물끄러미 바라보던 아이가 자기네 말로 감탄사를 연발했다. 파라는 싱긋 웃어 보이며 아이에게 물었다.

"얘, 너는 이스라엘 사람이니?"

아이가 어리둥절한 표정으로 아무 대답이 없자, 파라는 좋은 생각이 난 듯 두 눈을 반짝이며 말했다.

"아무래도 네가 우리말을 못 하는 것 같으니까 내가 몸으로 설명해볼게."

파라는 자리에서 일어나 정자세를 취하며, 아이에게 자기를 바라보라고 손짓했다. 꼬마는 장난기 가득한 웃음을 머금고 파라를 올려다봤다.

먼저 시위대를 설명했다. 텔레비전에서 자주 보던 거라 어렵지 않았다. 성난 표정으로 피켓을 흔드는 척하며, 군중이 내뱉는 구호를 아무렇게나 흉내 냈다.

그러나 아이는 이해하지 못한 듯, 멍한 표정을 짓기만 했다. 파라는 한숨을 내쉬며 다른 방법이 없을까 고민하다가, 서둘러 나뭇가지를 주워 들었다. 그리고 나선 나뭇가지를 총처럼 잡고서 입으로 총소리를 냈다.

"투두두두!"

그제야 아이는 알겠다는 듯 해맑게 웃으며, 고개를 세차게 끄덕였다.

파라는 기뻐하며 말했다.

"알아들은 모양이구나! 군인들은 어디 있어? 군인들이 있다면 분명 시위대도 있을 거야!"

말을 마치고는 손가락으로 이러저리 가리키자, 꼬마 역시 고개를 끄덕이며 파라가 걸어온 방향을 가리켰다.

파라가 황당한 표정으로 뒤를 돌아보자, 언덕 아래, 멀지 않은 곳에서 사람들이 드문드문 걸어가고 있는 게 보였다.

이럴 수가! 파라는 자신이 바보처럼 느껴졌다. 하딤 오빠를 보러 가는 데 급급해서, 옆은 보지 못하고 그저 위로 올라만 갔던 것이다. 언젠가, 자신만의 시선에 갇혀 주변을 돌아보지 못하는 사람들이 많다던, 야밀 선생의 말이 생각났다.

자신이 너무 어리석게 느껴져 빵 하고 웃음을 터뜨렸다. 그러자 아이 역시 파라를 따라 뭐가 우스운지 깔깔대며 웃어댔다.

한참을 웃던 둘은 웃음을 멈추고 서로를 바라보았다. 말은 전혀 통하지 않았지만, 가슴이 간질간질한 게 즐거운 기분이 들었다.

파라는 시장에서 산 빵 하나를 꺼내 아이에게 건넸다. 아이는 빵을 받자마자 우걱우걱 먹더니, 자기네 말로 우물우물 무어라 말했다.

"미안하지만 뭐라고 하는지 모르겠어. 그런데 아까 나한테 뭐라고 했지? 샬롬? 그게 인사인 거야?"

아이가 마지막 남은 빵조각을 꿀꺽 삼키곤 말했다.

"샬롬."

파라가 따라 말했다.

"그래, 샬롬! 무슨 말인지는 모르겠지만 멋진 말인 것 같아!"

빵을 다 먹은 아이는 배를 두드리며 행복한 표정을 지어 보였다.

한참 후, 파라는 손을 흔들어 작별인사를 하려다, 마음을 바꿔 아이에게 손을 내밀었다.

아이는 잠시 머뭇거리더니 이내 깨달은 듯, 두 손에 묻은 빵가루를 털어냈다. 그리고는 빙그레 웃으며 파라가 내민 손을 꼭 붙잡았다.

언덕 아래로 내려온 파라는, 시위장으로 가는 사람들의 행렬에 끼어들었다. 꽤 오랫동안 걸어가자 여기저기서 고함이 들렸다. 언덕을 돌아가니, 수백 명의 사람이 이스라엘 정착지 앞에서 시위를 벌이고 있었다.

시위장에는 파라 또래의 어린아이들도 있었는데, 그들 역시 부모를 따라 잔뜩 인상을 쓴 채 구호를 외치고 있었다. 조금 큰 아이들은 새총을 손에 쥐고, 이스라엘 군인들이 서 있는 쪽을 향해 쏘아댔다. 몇몇은 있는 힘껏 돌을 던지기도 했지만 큼직한 돌들은 얼마 날아가지 못하고 시위장 한복판에 나뒹굴었다.

그 많은 사람이 확성기에서 나오는 구호를 똑같이 따라 외치는 것도 진풍경이었지만, 무엇보다 더 눈에 띄었던 건 신기하게 생긴 외국 사람들이었다.

사실 파라는 시내에서 외국인들을 몇 번 본 적이 있었다. 하지만 이렇게 가까이서 많은 외국인을 본 건 처음이었다. 몇몇 형광 조끼를 입은 외국인들은 시위대를 촬영하느라 정신이 없었고, 또 다른 외국인들은 자기네들 말로 시위대와 함께 무어라 외치고 있었다.

그때, 누군가가 어깨를 두드렸다. 뒤를 돌아보니, 카메라를 든 거구의 흑인 기자가 파라를 내려다보고 있었다. 파라는 태어나서 처음 보는 흑인의 모습에 잔뜩 놀라 얼어붙었다.

그는 겁먹은 파라를 보고 멋쩍은 듯 웃어 보이더니, 카메라를 들어 찍는 시늉을 했다. 파라는 그제야 그 흑인이 기자라는 것을 눈치채곤, 부끄러운 듯 얼굴을 붉혔다.

기자는 사진을 찍어도 되냐며, 입으로 찰칵찰칵 소리를 냈다. 그 뜻을 알아채고 파라가 고개를 끄덕이자, 기자는 만면에 미소를 지으며 뒤로 몇 발짝 물러나 자세를 잡았다.

하지만 렌즈를 들여다보던 그는 무언가 마음에 들지 않은 듯, 맨눈으로 파라를 한 번 보고 또 카메라 렌즈로도 파라를 한 번 보더니 인상을 찌푸렸다.

얼떨결에 촬영을 허락한 파라가 카메라 앞에서 포즈를 잡고 있는 데 싫증이 날 무렵, 기자가 무언가 생각난 듯 멈칫했다. 그는 검지로 거기서 기다리라는 손짓을 하더니 농장 쪽으로 달려갔다. 파라는 도망가 버릴까 생각했지만, 아이처럼 달려나가는 기자의 모습이 왠지 재밌어 보여 좀 더 있기로 했다.

잠시 후, 기자가 등 뒤로 손을 숨긴 채 싱글벙글 웃으며 다가왔다. 파라는 다른 남자 아이들처럼 벌레를 보여줘 자신을 놀라게 하려는 속셈인 줄 알고, 분이 나 고개를 홱 돌려버렸다.

그러자 기자가 당황해하며 애타게 외쳤다.

"No! No! No!"

파라는 뒤돌아 날 선 눈빛으로 기자를 째려보았다. 기자는 오히려 그런 모습을 흐뭇하게 바라보더니 우람한 두 손을 조심스럽게 내밀었다.

파라는 마음의 준비를 단단히 하고 기자의 두 손을 바라보앉다. 기자가 새카만 손을 펼치자 도화지처럼 하얀 손바닥이 나타났고, 손바닥 위에는 올리브 가지가 놓여 있었다.

기자는 두 손을 살짝 앞으로 빼들며 올리브 가지를 가져가라는 시늉을 했다. 파라는 올리브 가지를 조심스럽게 쥐어 들고, 향기를 맡아 보았다. 은은한 풀 내음이 났다.

그동안 기자는 다시 카메라를 들었다. 눈을 감은 채 올리브 가지 향기를 맡는 파라의 모습이 렌즈에 들어왔다.

기자가 소리쳤다.

"Hey! Look at here!(애야, 여기를 보렴!)"

그 소리를 들은 파라가 기자를 향해 고개를 드는 순간 '찰칵' 카메라 셔터 소리가 났다. 파라는 갑작스레 자신의 모습을 찍은 것에 화가 나 씩씩대며 기자에게 다가갔다. 그러나 기자는 놀라는 기색 없이 재빨리 카메라 뒤의 화면을 보여 주었다.

'세상에!'

평소에 파라는 사진 찍는 것을 썩 좋아하지 않았다. 그렇지만 기자가 찍어준 자신의 사진은 정말 아름다웠다. 사진이 마음에 든다고 말하려다가 말이 통하지 않는다는 걸 깨닫곤 웃음으로 감사를 대신했다.

파라는 기자와 헤어지고 나서, 계속해서 사람들 사이를 헤치며 하딤을 찾았다. 하지만 하딤은커녕 오빠를 닮은 사람조차 찾을 수 없었다. 우왕좌왕 혼란이 심해지자 찾는 것을 포기해야겠다고 생각했다. 그때였다.

'펑!'

갑자기 앞쪽에서 무언가가 터지는 소리와 함께 거대한 연기가 피어올랐다.

이윽고 선두에 있던 사람들이 하얀 연기를 뚫고 파라가 있는 쪽으로 달려왔다. 그들의 뒤편으로는 방독면을 쓴 이스라엘 군인들이 보였고, 아이들의 울음소리와 사람들의 비명으로 시위장은 순식간에 아수라장이 되었다.

개중에는 군인들을 향해 덤비는 사람들도 있었지만 역부족이었다. 그들이 필사적으로 당겨대는 새총은 중무장한 이스라엘 군인들 앞에서 무용지물이었다.

많은 사람이 군인들에게 붙들려 총이며 군홧발로 무차별적으로 맞았다. 이미 피를 너무 많이 쏟아 정신을 잃은 채 검문소로 끌려가는 사람도 있었다.

이 광경을 얼이 빠진 채 바라보고 있던 파라는, 도망치던 사람들의 행렬에 떠밀려 넘어지고 말았다. 정신을 차리고 몸을 일으키려 했지만, 누군가가 넘어진 파라의 작은 등을 밟고 지나갔다. 파라는 그대로 엎드린 채 울음을 터뜨렸다.

그때 한 남자가 비틀거리며 다가왔다. 남자의 머리에서는 검붉은 피가 흘렀는데, 그의 입술은 무어라 달싹거렸다. 파라는 안간힘을 내어 몸을 일으켜 세웠고, 남자도 파라에게 다가가기 위해 애썼다.

하지만 그는 몇 걸음 걷지 못하고 풀썩 쓰러졌다. 남자의 등 뒤로 방독면을 쓴 이스라엘 군인들이 몰려왔다. 그들은 그의 머리채를 난폭하게 잡아 들어올렸다.

군인들은 남자의 얼굴을 확인하고는 다시 내동댕이친 후, 군홧발로 마구 걷어차기 시작했다. 이미 남자는 산송장마냥 정신을 잃었기에, 속절없이 군인들이 발길질하는 대로 나뒹굴었다.

그 모습을 보고 있던 파라는 더 참을 수가 없어, 군인 한 명의 다리에 있는 힘껏 매달렸다.

군인은 고함을 지르며 파라를 다리에서 떼어냈다. 그리곤 나머지 한쪽 발을 들어 고꾸라진 파라를 밟으려고 했다. 파라는 비명을 지르며 얼굴을 손으로 가렸다.

하지만 아무 일도 일어나지 않았다.

눈을 떠 보니, 군인이 밟으려던 자세 그대로 경직돼 있었다. 그는 들어 올린 다리를 천천히 내리더니, 잠시 멈춰 섰다.

그러다 총을 내팽개치곤 파라를 덥석 안아 올렸다. 함께 있던 군인들이 그에게 화를 내며 뭐라고 하는 것 같았지만, 그는 아무런 대꾸가 없었다.

갑자기 군인은 시위장을 내달렸다. 다른 군인들은 사람들을 때리던 걸 멈추고, 그 모습을 멍하니 바라보았다. 몇몇은 막아서려 했지만, 어디서 나온 힘인지 그는 군인들을 밀쳐 내며, 파라를 안은 채 계속해서 달렸다.

얼마쯤 달렸을까. 더 이상 도망치는 사람도, 소리 지르는 군인도 보이지 않았다. 그는 거친 숨을 몰아쉬며 주위를 둘러보더니, 파라를 나무 그늘 아래 조심스럽게 내려놓았다.

방독면 렌즈로 파라를 한참 동안 바라보던 그는, 뒤돌아서 축 처진 어깨를 하고 터벅터벅 걸어갔다.

파라가 소리쳤다.

"아저씨!"

그는 걸음을 멈추고 뒤를 돌아보았다. 파라는 아까 흑인 기자에게 받은 올리브 가지를 내밀며 웃음을 짓고 있었다.

군인은 잠시 머뭇거리다 몸을 완전히 돌려 파라에게로 천천히 걸어갔다. 그는 쓰러지듯 무릎을 꿇고 한 손으로 방독면을 벗었다.

방독면을 벗자 드러난 건, 갓 사춘기를 넘긴 듯한 앳된 소년의 얼굴이었다. 땀으로 흠뻑 젖은 소년은 거칠게 숨을 내쉬며, 파라의 손에 들린 올리브 가지를 조용히 바라보았다.

파라가 올리브 가지를 좀 더 앞으로 내밀며 받으라는 시늉을 하자, 그는 올리브 가지를 조심스럽게 받아들였다.

순간, 소년의 얼굴이 갑자기 일그러지기 시작하더니, 새빨갛게 달아올랐다. 그는 고개를 푹 숙이며 흐느꼈고, 흐느낌은 점차 거세졌다. 소년은 어깨까지 들썩이며 크게 울어댔다. 얼마나 서럽게 우는지, 파라가 곁에서 진땀이 날 정도였다.

이대로는 안 되겠다 싶어 집에 갈 때 먹으려고 남겨둔 빵을 꺼냈다. 파라는 이리저리 눌려 뭉개진 납작 빵을 들고 소년을 불렀다.

"샬롬."

울먹이던 소년은 고개를 들어 파라가 손에 쥔 빵을 보았고, 이어 파라의 얼굴을 바라보았다. 따뜻한 눈빛의 파라가 나직이 고개를 끄덕이자 소년은 눈물을 닦아내며 빵을 받았다.

그는 빵을 두 조각으로 찢어 한 조각을 파라에게 건넸다. 파라는 건네받은 빵을 한 입 베어 물며, 소년을 슬쩍 바라보았다. 빵을 씹으며 애써 눈물을 삼키는 소년의 모습이 아내가 죽고 난 후 하딤 오빠의 모습 같았다.

파라는 반쪽짜리 빵을 먹고도 아직 배가 고프다고 느꼈지만, 어쨌든 빵을 소년에게 나눠주기를 잘했단 생각을 했다.

소년은 빵을 다 먹어치우고 어색한 미소를 지어 보이곤 돌아갈 채비를 했다. 파라가 소년을 따라 일어서자, 소년은 다급히 안 된다는 손짓을 했다. 그는 검지로 반대편을 가리키며 고개를 까닥였다.

처음엔 무슨 말인지 이해하지 못했던 파라도 소년이 흙바닥에 집 모양을 그리고 나서야 그가 가리키는 방향에 민가가 있다는 것을 깨달았다.

또다시 이별의 시간이었다. 파라와 소년은 마주본 채 말이 없었다. 만난 지 삼십 분도 채 안 되었고 말도 통하지 않았지만, 서로를 바라보는 눈빛에서 강한 친밀감을 느꼈다.

"아저씨, 구해 줘서 고마워요."

파라는 소년이 자신의 말을 이해하지 못할 걸 알고 있었지만, 딱히 고마움을 표현할 방법이 없어 자기네 말로 말했다. 소년도 물론 파라가 하는 말을 이해하지 못했지만, 웃음으로 화답했다.

그는 파라가 건네준 올리브 가지를 한 손에 꽉 쥐고선 다시 시위 현장으로 돌아갔다.

그 후, 집으로 가는 길은 아주 순탄했다. 들판을 벗어나자 소년의 말대로 민가가 나왔고 한 집에 들어가 사정을 설명한 파라는, 그곳에서 차를 얻어 타 해가 지기 전까지 집에 도착할 수 있었다.

다행히 부모님은 파라가 어디에 다녀왔는지 의심하지 않았다. 파라는 친구네에서 밥을 잔뜩 먹고 왔다며 방으로 쏜살같이 달려가 침대에 고단한 몸을 뉘었다.

몸이 너무 피곤해 금방 잠들 것 같았는데, 잠이 쉽사리 오지 않았다.

오늘 있었던 일들을 차근차근 떠올려 보았다. 빵을 입 안 가득 담고서 우물거리던 꼬마, 순하게 웃으며 올리브 가지를 건네준 흑인 기자 아저씨, 눈물이 많던 이스라엘 군인 아저씨…….

비록 하딤 오빠를 만나지 못했고 시위의 광경은 끔찍했지만, 이들을 만나서 나쁘기만 한 하루는 아니라고 생각하며 스르르 잠이 들었다.

8장

 아버지가 야밀 선생을 만난 후로, 파라는 쭉 선생을 피해왔다. 하지만 주말이 끝나고 학교에 가야 하는 날이 오니, 더는 도망칠 수 없었다.
 야밀 선생을 볼 걱정에 가슴을 졸이며 교실에 들어갔다.
 다행히 선생은 없었지만, 자신의 책상 위에는 책 한 권이 놓여 있었다. 가까이 다가가 책을 보고선 그만 소리를 지를 뻔했다.
 그것은 스테이플로 엉성하게 엮어진 종이 뭉치가 아닌, 깔끔하게 제본된 '아디나의 일기'였다. 책을 덥석 집어 살펴본 파라는 기쁨에 몸을 떨었다.
 지금까지 읽은 내용과 함께 다음 이야기까지 선명하게 인쇄돼 있었고, 공장에서 방금 찍어낸 책과 비교해도 손색이 없을 정도로 제본 자체도 튼튼했다.

파라는 책을 들고 한걸음에 교무실로 찾아갔다.

"선생님! 야밀 선생님! 이 책 저 주시는 거예요?"

며칠 전만 해도 참새처럼 도망가던 파라가 오늘은 당돌하게 책을 내밀며 자신의 대답을 말똥말똥한 눈으로 기다리자 야밀 선생은 웃음을 터뜨렸다.

"하하, 그렇단다. 나중에 수위 할아버지를 만나면 고맙다고 인사드리렴."

"수위 할아버지요?"

"그래. 그분이 시내에 있는 인쇄소까지 직접 가서 만들어 오신 거란다."

"와! 정말 고맙……"

감사 인사를 올리려던 파라의 얼굴이 눈에 띄게 시무룩해졌다.

"정말…… 너무 감사해요…… 하지만 아버지가 이 책을 읽는 걸 허락하지 않을 거예요."

풀죽은 파라에게 야밀 선생이 말했다.

"집에서 읽다가 아버지께 들킬까 봐 무섭니?"

"네……"

"……그럼 학교에서만 읽으면 되잖니?"

"여기서요?"

"그래. 책을 학교에 두고, 틈날 때마다 읽는 거지. 파라 너라면 금방 다 읽을 수 있을 거야."

야밀 선생의 말에 축 늘어졌던 파라의 얼굴에 생기가 돌았다.

"수업이 시작하기까진 아직 시간이 있으니, 교실로 돌아가 조금이라도 읽어 보려무나."

"네, 선생님! 정말 감사해요. 이번엔 아버지께 절대 말하지 않을게요! 고맙습니다!"

파라는 야밀 선생에게 배꼽 인사를 하곤, 교실로 돌아와 책을 살폈다.

책 앞표지엔 전보다 선명한 아디나의 사진이 있었고, 안쪽은 글자 하나하나마다 진하게 인쇄돼 있어 실제 판매하는 책이라고 해도 믿길 정도였다.

파라는 만족스러운 미소를 지으며 자신이 마지막으로 보았던 페이지를 찾아내곤, 천천히 아디나의 이야기 속으로 빠져들었다.

1942년 1월 25일

아침에 시끄러운 소리가 들려 창밖을 내다보니, 군인들이 열 지어선 어디론가 급히 이동하고 있었어. 얼마 지나지 않아 뭔가가 터지는 소리가 났지.

소리가 그렇게 크지는 않아 자동차 바퀴가 터지는 소리인가 했는데, 뒤에 들은 얘기는 너무나 끔찍했단다.

벽에서 가까운 건물에 살던 사람들이 집 지하실에서부터 땅굴을 파서 게토를 탈출하려고 했나 봐. 하지만 곧 군인들이 땅굴을 발견하고 말았지. 그들은 잔인하게도 사람들을 땅굴에 몰아놓곤, 수류탄을 던져 그대로 터뜨렸대.

아빠도 이 일에 엄청나게 충격을 받으셨는지, 한참 늦은 밤에 수척해진 모습으로 돌아와서는 "이제 다 글렀어. 마지막 희망이었는데……"라며 절망적인 목소리로 말씀하시는 것 있지?

나는 아빠가 술을 드셔서 그런가 싶었는데, 가까이 가보니 술 냄새는 전혀 나지 않았어. 아빠는 게토에 오고서 거의 냉정한 모습만 보이셨는데, 이렇게 무너진 모습은 오늘 처음 봤기에 나도 너무 두려워져.

1942년 1월 27일

어제 새벽, 잠자고 있는 나를 아빠가 흔들어 깨웠어.

눈을 뜨자 아빠는 조용히 하라며 입술에 손가락을 가져다 대시더니, 필요한 것만 챙겨서 나오라고 속삭이듯 얘기하셨어.

처음엔 어안이 벙벙했지만, 문밖에 서 있는 엄마의 표정을 보니 뭔 일인지 대충 짐작이 가더라. 나는 내 방에서 필요한 것들을 챙겼어. 사진첩, 영화 포스터, 공부할 책들…… 물론 너도 잊지 않았단다. 잊었다면 내가 지금 어떻게 일기를 쓰고 있겠니.

아무튼 짐을 다 챙기자 우리 가족은 집을 나와 순찰을 도는 군인들을 피해 아빠를 따라 골목길을 걸었어.

우리가 도착한 곳은 아빠의 식당이었단다.

왜 식당에 온 거냐고 물어볼 새도 없이, 아빠는 누가 볼새라 잽싸게 식당 문을 닫고는 안으로 들어가시더구나. 그리곤 식당 뒤편에 음식물을 저장해 놓는 창고로 걸어가, 커다란 빗장을 여시곤 엄마와 나더러 먼저 들어가라고 하셨어.

내가 아빠는 왜 들어오지 않느냐고 묻자, 아빠는 누군가가 창고를 잠가 놓지 않으면 사람들이 의심할 거라고 말씀하셨어. 내가 무어라 말하기도 전에 아빠는, 엄마와 나를 창고에 밀어놓고는 문을 닫으셨어.

빗장이 걸리는 소리가 나며 문이 닫히자 빛 한 점 없는 공간에 엄마와 나 둘의 숨소리만 들렸어. 우리는 마음 졸이며 아빠를 기다렸지.

그렇게 막연히 시간을 보내고 있는데, 갑자기 바닥에서 쿵쿵 하는 소리가 났어.

엄마와 나는 깜짝 놀라 창고의 한쪽 구석으로 들어가 숨죽인 채 웅크렸는데, 바닥에 있던 상자가 움직이는 소리가 나는 것 있지? 그때 내가 얼마나 놀랐는지 아니?

나는 아빠의 속삭이는 소리가 들리기 전까진 유령이 나타난 줄 알고 심장이 멎을 뻔했단다.

아빠는 바닥에서 기어올라 와 겨우 계단의 윤곽이 보일 정도의 희미한 불빛을 아래로 비추며, 우리더러 내려가야 한다고 말씀하셨어.

벽을 더듬더듬 짚으며 어두컴컴한 계단을 내려가자, 벽면이 와인으로 가득 찬 지하실이 나타났어.

세상에, 음식물 창고도 끔찍했는데 와인 저장고라니?

나는 너무 절망스러운 기분이 들어 말문이 막혔지만, 적어도 목마를 일은 없겠다는 엄마의 농담에 그만 웃음이 터져 버렸단다. 아빠가 조용히 하라며 나를 말렸는데, 아빠의 표정도 웃고 있는 것 같았어.

짐을 모두 내려놓고 호롱불에 의지해 주위를 둘러보니, 전에 살던 집보다는 좁아도 가구가 없어서 그런지 그럭저럭 괜찮았어. 방이 없는 것이 흠이었는데 아빠가 집에서 가져온 커튼을 벽과 벽 사이에 다시더니, 공간을 나눠 내 방을 만들어 주셨단다.

그렇게 차례로 식당, 화장실, 침실을 만드시고는 창고의 빈 상자들을 이용해 침대, 책상, 식탁 의자까지 만들어 주셨어.

아빠에게 이런 손재주가 있었다니 정말 대단해.

아무튼 오늘은 여기까지만 써야겠어. 불이 너무 침침해서 눈이 아프네.

창고에 있는 음식들도 전부 여기로 옮겨야 하거든. 다음에 봐.

1942년 1월 29일

알고 보니 슈필만 씨는 좋은 분이 아니었어.

유대인 경찰 간부인 슈필만 씨가 아빠에게 헐값으로 식당을 준 건 인심이 좋아서가 아니라, 아빠가 꾸준히 뇌물을 바쳤기 때문이었어.

그런데 여기로 오기 전 날, 아빠가 슈필만 씨 댁에서 술을 마시다 뇌물 문제로 다투셨나 봐. 슈필만 씨가 지금보다 더 많은 돈을 가져오지 않으면, 우리 가족을 보호해 주기가 어렵다고 했대.

술에 취한 아빠는 말다툼을 하다가 아저씨를 때렸고, 쓰러진 아저씨는 코피를 흘리며 우리를 '수용소'로 보내겠다고 으름장을 놓았다는 거야.

겁에 잔뜩 질린 아빠는 슈필만 씨에게 용서를 빌었지만,

아저씨는 오히려 깨진 술병을 주워 들고 다가오더래. 아빠는 어쩔 수 없이 슈필만 씨를 제압해 묶어두고는, 서둘러 집에 돌아와 우리를 식당으로 데리고 온 거지.

슈필만 씨가 그런 속물인 걸 알았더라면 좋아하지 않았을 텐데, 정말 후회스러워.

그렇지만 더 실망스러운 건 아빠야. 나한테 그냥 솔직하게 말해 주셨으면 될 텐데, 왜 거짓말을 하셨던 걸까?

1942년 2월 3일

엊그제 아침에, 갑자기 식당 문이 열리는 소리가 나더니 사람들이 찾아왔어. 우리 가족은 숨죽인 채 위에서 들리는 소리에 귀를 기울였어. 사람들 말로는 아빠의 식당을 '장교 전용 클럽하우스'로 바꾼다고 하더구나.

아빠는 이제 들키는 건 시간문제라며 몹시 낙담하셨고, 엄마는 얼굴을 베개에 파묻고 조용히 눈물을 흘리고 계셨어. 나도 그때만큼은 모든 게 끝났다고 생각했단다.

그런데 오늘 오후, 한 사람이 식당으로 들어오는 소리가 들리더니 곧이어 피아노를 연주하기 시작했어. 나는 피아노 소리를 듣자마자 가족들이 말릴 새도 없이 계단을 뛰어 올라갔지.

그러고는 지하실을 빠져나와 창고 문을 세차게 두드렸어.

피아노 소리가 멈추고, 누군가가 창고를 향해 달려왔어. 뒤에서 엄마가 비명을 지르듯 어서 돌아오라고 소리 질렀지만, 나는 왠지 강한 확신이 들었어!

역시나 창고 문이 열리자 나타난 사람은 내가 뽑은 피아니스트였어!

우리는 눈이 마주치자마자 누가 먼저랄 것도 없이 서로를 껴안았단다.

사실, 아빠가 식당을 운영하는 동안에 나는 그 피아니스트와 매우 친해졌어. 그에게 여섯 명이나 되는 가족이 딸렸다는 것도 알게 되었지.

그래서 장교들이 먹다 남긴 음식들을, 아빠 몰래 챙겨 주고는 했어. 보답으로 피아니스트는 나에게 피아노 연주법을 가르쳐 줬고, 서로만 아는 멜로디를 만들어 내기도 했지. 그래서 연주만 듣고도 그 사람인 것을 알아챘던 거야.

나는 그에게 여기서 뭐 하냐고 물었어. 피아니스트는 장교 중 한 명이 자신의 연주를 좋아해서, 피아노를 계속 치는 조건으로 클럽하우스의 관리직을 맡게 됐다고 말했어.

그의 말이 끝나자마자 아빠가 지하실에서 고개를 살짝 내밀었어. 아빠와 눈이 마주친 피아니스트는 해맑게 인사했고, 아빠는 멋쩍은 듯 손을 흔드시더구나.

1942년 2월 6일

우리는 그럭저럭 잘 생활하고 있어.

피아니스트가 우리에게 매일 음식과 물을 가져다주니 정말 다행이지 뭐야.

어느 날은 슈필만 씨가 찾아오기도 했어. 아마도 도망간 우리 가족을 찾기 위해서 온 거겠지. 아저씨는 아빠가 자기한테 겁먹고 사라진 것 같다며, 원래 아빠가 마음에 안 들었다고 한참 욕을 하더구나. 나는 아빠가 상처받을까 봐 걱정했는데 다행히 잠드셨는지 아무 미동도 없으셨어.

요즘엔 지하실 밖을 나가 식당을 돌아다닐 수도 있어. 장교들은 통금시간이 지나서야 오거든. 지금 이 글도 주방 한편에서 쓰고 있는 거란다.

아! 만약에 피아니스트가 클럽하우스의 관리인이 아니었다면, 우리 가족들은 어떻게 됐을까?

지하실에 살고 있다는 걸 들키지 않았더라도, 케케묵은 지하실 안에 계속 갇혀 있다가 언젠가 음식이 떨어져 죽었겠지? 어쩌면 모두 미쳐 버렸을지도 몰라.

나는 그저 피아니스트의 피아노 연주가 좋아서 그를 고용했던 건데, 그가 생명의 은인이 될지 누가 알았겠니?

1942년 2월 10일

아빠와 나는 희망을 잃지 않고, 어떻게든 견뎌 가며 최선을 다해 살고 있어. 피아니스트의 일손을 최대한 덜어주기 위해 설거지를 한다든가, 장교들이 먹을 음식을 대신 요리해 주는 식으로 말이야.

그렇지만 엄마는 하루 종일 와인을 마시며 예전에 살던 집에 있을 때처럼 진작 미국으로 갔어야 한다는 말만 반복하고 계셔. 엄마가 이렇게 와인을 계속해서 마셔댄다면 아마 몇 달 안에 와인은 동이 나고 말 거야.

물론 나도 엄마만큼 이 상황이 절망적이긴 해.

축축한 지하실 냄새를 맡으며 반나절을 보내는 걸 좋아하는 사람이 어디 있겠니?

게다가 낮에만 화장실을 쓸 수 있는 것도 여간 불편한 게 아니야…….

이 얘기는 더 이상 쓰고 싶지 않구나.

어쨌든 요새는 엄마가 너무 걱정이야.

1942년 2월 12일

피아니스트가 요즘 게토에서 들리는 소문을 얘기해줬어.

아빠는 내가 듣기를 원하지 않았지만 여기에서는 조그만 소리도 어차피 다 들리기에 그냥 들었지.

지금 위에서는 노인, 병약자, 장애인뿐만 아니라 일하는 게 가능한 사람들도 모두 잡아서 열차에 태우고 있대.

피아니스트가 말하길 자신도 언제 끌려갈지 모른다며 불안해하더구나.

도대체 위에서는 무슨 일이 일어나고 있는 거지?

나는 그에게 가능하다면 파울라 가족의 안부를 알아봐 달라고 부탁했어. 파울라가 무사해야 할 텐데 말이야…….

1942년 2월 15일

위에서 아무런 인기척이 들리지 않은 지 닷새가 넘었어. 아무래도 피아니스트도 수용소로 끌려간 듯 싶어. 게다가 클럽하우스도 문을 닫은 것 같아. 이제 우리가 직접 음식을 구해야 해.

지금 우리 가족에게 남은 음식이라고는 썩은 부분을 잘라 낸 감자 여덟 개, 빵 두 개, 소금에 절인 훈제 돼지고기 몇 근과 말린 과일 조금뿐이야.

이걸로 일주일 정도는 버틸 수 있겠지만, 그 뒤엔 어떻게 해야 할까?

우리 가족은 어떻게 되는 거지? 눈앞이 너무 캄캄해…….

"아아……."

파라는 마지막 문장을 읽고는 침울한 얼굴로 탄식을 내뱉었다.

체육 수업이 끝나자 곧장 교실로 달려갔다.

창가 자리에서 시험지를 채점하고 있던 야밀 선생이 먼저 알아보곤 물었다.

"파라야, 혹시 나를 찾니?"

"네, 선생님. 궁금한 게 있는데 여쭤봐도 돼요?"

야밀 선생이 고개를 끄덕이자, 파라는 뜸을 들이더니 입을 열었다.

"아디나가 말하는 '수용소'는 어떤 곳이에요?"

파라를 따스한 눈빛으로 바라보던 야밀 선생은 들고 있던 펜을 내려놓더니, 잠시 머뭇거리다 말했다.

"수용소는…… 사람들을 강제로 가둬 놓는 곳을 말한단다."

"지금 아디나가 사는 게토도 유대인들을 가둬 놓는 곳이잖아요. 게토랑 수용소는 다른가요?"

"……수용소는 게토보다 더 끔찍한 곳이란다."

"게토보다 더 끔찍하다고요?"

야밀 선생은 앞에 놓인 차를 들고선 한 모금 마시더니 말을 이었다.

"그래, 수용소란 곳은 정말 끔찍한 곳이야."

긴 침묵 가운데 선생이 차를 홀짝이는 소리만이 들렸다. 그는 슬쩍 파라의 눈치를 살피다, 파라가 뭔가를 물으려는 기미가 보이자 재빨리 화제를 돌렸다.

"아참! 너에게 보여줄 게 있단다."

야밀 선생은 주머니에서 살며시 사진 한 장을 꺼냈다. 그것은 베이트 하눈 시위 현장에서 흑인 기자가 찍은 파라의 사진이었다.

파라가 소스라치게 놀라며 물었다.

"선생님이 어떻게 이 사진을 갖고 계세요?"

그는 인자하게 웃으며 대답했다.

"파라야, 혹시 베이트 하눈에서 본 흑인 기자를 기억하니? 그 사람의 이름은 '자말'이란다. 내 친구이기도 하지. 자말이 시위 현장에서 정말 아름다운 아이를 만났다면서 내게 이 사진을 자랑하듯 보여주더구나."

파라는 사진을 보곤 자기도 모르게 감탄했다. 그때 언뜻 봤을 때도 참 마음에 들던 사진이었는데, 다시 봐도 마음에 들었다.

"선생님, 이 사진 정말 마음에 들어요! 이거 제가 가져도 되나요?"

그러자 야밀 선생이 뭐가 문제냐는 표정으로 말했다.

"그럼, 네 사진인데 당연하지. 다만, 사진이 구겨질 수 있으니 책에 넣고 다니는 건 어떠니? 책갈피로도 쓸 수 있고 말이야."

파라는 야밀 선생의 말을 듣곤, 곧바로 책가방에서 '아디나의 일기'를 꺼냈다. 그러고는 읽다 만 부분을 찾아 사진을 조심스럽게 꽂아 넣었다.

그러다 책을 덮기 전, 자신의 사진을 한참 들여다보더니 뭔가가 생각난 듯 야밀 선생에게 말했다.

"선생님, 이 사진 한 장만 더 뽑아 주실 수 있나요?"

"사진이 정말 맘에 드는 모양이구나."

"그건 아니지만…… 한 장 더 구하는 건 어렵겠지요?"

야밀 선생은 파라를 빤히 쳐다보더니 말했다.

"구해줄 수 있단다, 파라야. 다만 선생님과 약속 하나 하지 않겠니?"

"무슨 약속이요?"

"음…… 자말한테 들었단다. 시위 현장이 아주 난리도 아니었다고. 사실 자말도 이 사진을 보여주면서, 네 안위를 걱정했단다. 나는 놀라서 사진 속 아이가 내 제자라고 말했지."

파라가 어깨를 축 늘어뜨린 채로 말했다.

"죄송해요, 선생님."

"죄송해할 건 없단다. 하지만 무엇보다 네가 건강한 것과 안전한 게 가장 중요하단다. 시위에 관심이 있다면, 혼자 무턱대고 가지 말고 먼저 선생님께 말해 주렴. 이 사진을 받고 나는 얼마나 놀랐는지……"

흑인 기자 자말이 파라의 사진을 보여줬던 날, 야밀 선생은 뜨거운 물에 가슴을 덴 듯 깜짝 놀라 소리를 질렀다. 그는 자말에게 뭐라 말할 겨를도 없이, 곧바로 파라의 집에 전화를 걸었다.

야밀 선생은 파라의 아버지가 전화를 받자, 포격이 심한데 아이들이 무사한지 알아볼 요량으로 전화했다고 둘러댔다. 여전히 선생에게 적대적인 아버지는 파라는 잘 있으니 신경 쓰지 말라고 했고, 그제야 야밀 선생은 안심했다.

생각보다 '아디나의 일기'가 파라에게 영향을 많이 미치는 것 같아 책임을 절실히 통감하는 그였다.

그날을 회상하느라 정신이 없는 그에게 파라가 조금 처진 목소리로 말했다.

"약속할게요, 선생님. 그리고 사진 한 장은…… 저희 오빠에게 보내 주고 싶어서요."

야밀 선생은 눈을 조금 크게 뜨고는 물었다.

"오빠? 오빠가 있는 줄 몰랐구나."

"네, 지금은 조금 멀리 가 있거든요……."

"멀리? 아, 이집트 같은 곳에서 일하고 있는 모양이구나?"

파라의 얼굴이 어두워지더니 금세 울 것 같은 표정이 되었다. 그러자 야밀 선생은 안경을 치켜올리며 떨떠름하게 말했다.

"파라야, 실은 말이야⋯⋯ 지금 선생님에게, 이 사진이 한 장 더 있단다."

"정말요?"

야밀 선생은 쑥스러운 듯 머리를 긁적이며 말했다.

"사진을 보면 볼수록 너무 예쁘게 나왔더구나⋯⋯ 그래서 내가 가지고 있을 생각으로, 다음 날 자말에게 한 장 더 뽑아 달라고 했단다."

그는 셔츠 주머니에서 작은 사진 한 장을 꺼내더니, 얼굴을 붉히며 수줍게 말했다.

"허락도 없이 네 사진을 갖고 있어서 미안하구나."

파라는 발그레 얼굴이 상기된 야밀 선생을 멀뚱멀뚱 바라보더니 이내 웃음을 터뜨렸다.

"선생님, 거울 좀 보세요! 꼭 홍당무처럼 빨개요!"

야밀 선생은 당황해하며 거울에 얼굴을 비춰 보았다. 파라의 말대로 정말 얼굴이 불에 대인 것 마냥 붉게 달아올라 있었다. 파라는 그런 야밀 선생을 보며 여전히 박장대소하고 있었다.

야밀 선생도 이 상황이 웃긴 모양인지 결국 파라를 따라 웃음을 터뜨렸다.

마침 지나가던 교장 선생이 웃음소리를 듣곤, 교실 안을 슬쩍 들여다보았다. 텅 빈 교실에서 파라와 야밀 선생 단둘이서, 서로를 마주 보며 정신 나간 사람처럼 웃고 있었다.

교장은 이해할 수 없다는 듯, 어깨를 으쓱하더니 가던 길을 계속 걸어갔다.

9장

하딤은 낡은 의자에 앉아, 깊은 한숨이 섞인 담배 연기를 오래도록 뱉어냈다. 매캐한 담배 연기는 허공을 맴돌다 신기루처럼 흩어졌다.

그는 안주머니에서 사진 한 장을 꺼내 들고 유심히 바라봤다. 귀퉁이는 닳을 대로 닳고 손때가 덕지덕지 묻은 그것은, 오래전 낡은 카메라로 아내, 그리고 파라와 함께 찍은 사진이었다.

사진 속 세 사람은 행복하게 웃고 있었다. 사진을 뒤집자 찍은 날짜와 함께 '사랑하는 아내, 여동생과'라는 글귀가 적혀 있었다.

그때 문밖에서 발걸음 소리가 들렸다. 하딤은 반쯤 남은 담배를 땅바닥에 비벼 끄고는 자리에서 일어났다. 그와 동시에 문이 열리고 '사미르'가 나타났다.

"하딤, 준비됐나?"

사미르가 무표정한 얼굴로 묻자 하딤은 결연한 목소리로 대답했다.

"준비됐습니다."

"그럼 따라오게."

하딤은 묵묵히 사미르를 따라 걸었다. 복도에서 마주치는 사람들은 하딤을 볼 때마다 걸음을 멈추곤, 고개를 가볍게 숙였다. 그를 바라보는 사람들의 눈빛에는 존경심이 가득했다.

둘은 복도를 가로질러 맨 끝에 있는 창고에 도착했다. 사미르는 복도에 놓인 의자를 가리키며, 하딤에게 앉으라고 하고는 자물쇠의 비밀번호를 맞췄다.

하딤은 창가 옆에 있는 의자에 앉아 물끄러미 바깥 풍경을 바라봤다. 건장한 사내 둘이 품 안에 소총을 감춘 채 주변을 경계하고 있었다.

"준비됐네."

하딤은 사미르를 따라 창고로 들어갔다.

사미르가 카펫을 들춰내자, 흩날리는 먼지 사이로 지하로 이어지는 계단 문이 나타났다. 그는 능숙하게 커다란 계단 문을 열어젖히곤, 먼저 발을 내디디며 말했다.

"조심히 내려오게나. 자네 생각보다 깊은 곳이니."

하딤은 고개를 끄덕이고는 몸을 숙이고 계단으로 내려갔다.

지하로 통하는 계단은 사미르의 말대로 끝이 없는 것처럼 느껴졌다. 곳곳에 전등이 있었기에 아주 어둡지는 않았지만, 전등이 없는 곳은 아무것도 보이지 않아 캄캄한 우주와 같았다.

그렇게 한참을 내려가자 한 사람이 간신히 지날 수 있는 크기의 땅굴이 나타났다. 사미르는 땅굴 앞에 멈춰서더니, 바닥에 놓인 상자에서 배낭을 꺼냈다.

"내 역할은 여기까지네. 가방에는 이틀 치 먹을 물과 빵이 들어 있다네. 알라께서 자네가 가는 길을 지켜 주기를."

하딤은 결의에 찬 표정으로 고개를 끄덕이고는, 배낭을 건네받아 등에 멨다.

그는 사미르를 뒤로하고, 땅굴 위에 매달린 전기선을 따라 또다시 걸었다. 오랫동안 걸어가자 이번에는 땅굴의 크기가 점점 작아져, 고개를 바짝 숙여야만 걸어갈 수 있었다. 하딤은 엉거주춤한 자세로 벽을 짚어가며, 계속해서 앞으로 나아갔다.

한참을 걷자, 누군가가 목을 비틀어 짜는 듯 극심한 통증이 밀려왔다. 그는 시계를 전등불에 비춰보고는, 배낭을 열어 물을 꺼내 몇 모금 마셨다. 그리고 남은 물을 얼굴에 들이부어 흙먼지를 씻어냈다.

목적지까지 제대로 도착하기 위해서는 체력 안배를 잘해야 했다. 때마침 잘 시간이 되어, 배낭에서 체크무늬 담요를 꺼내 흙바닥에 깔았다. 이대로 흙벽이 무너지면 어쩌나 캄캄한 어둠 속에서 덜컥 두려움이 밀려왔지만, 이내 꿈도 꾸지 못할 정도로 깊은 잠에 빠져들었다.

둘째 날, 그는 물과 마른 빵 한 조각으로 아침 끼니를 해결하고, 다시 좁은 땅굴을 기듯이 걸어갔다.

이쯤 되면 출구가 나올 만도 하다는 생각이 들던 찰나, 눈앞에 희미한 빛이 새어 들어오는 것이 보였다. 드디어 출구를 찾은 것이다.

하딤은 허겁지겁 출구로 달려가 밀치듯 문을 열었다. 밀리는 문 사이로 눈부신 빛이 무더기로 쏟아져 내렸다.

그는 갑작스레 맞이한 빛에 인상을 찌푸리며, 손등으로 햇빛을 막았다. 그리고 실눈을 뜨고는 자신을 맞이하는 차가운 바람을 느끼며 주위를 둘러보았다.

그 순간 낡은 택시 한 대가 하딤 앞에 멈춰 섰다. 택시의 창문을 내리며 운전사가 소리쳤다.

"이봐! 자네를 이 땡볕에서 다섯 시간 동안 기다렸다고. 왜 이리 늦은 거야!"

하딤은 빛에 아직 덜 적응돼 눈물 맺힌 눈으로 목소리의 주인공을 바라보았다.

운전수의 얼굴은 아주 까무잡잡했고 턱은 온통 검고 뻣뻣해 보이는 수염으로 덮여 있었는데, 적어도 예순은 넘어 보였다.

하딤은 아무 말도 하지 않고 그를 경계하듯 노려봤다. 그러자 운전수는 물담배로 누렇게 변한 이를 드러낸 채 호탕하게 웃으며, 손을 뻗어 하딤에게 악수를 건넸다.

"난 아흐마드라고 하네. 사미르가 내 소개를 해 주지 않았나 보군."

하딤은 그제야 경계를 풀고 어색하게 웃으며 아흐마드와 악수했다.

아흐마드가 말했다.

"국경을 넘은 지 오래니 긴장 풀게나. 여기에 군인들 따위는 없어."

하딤은 뒤를 돌아 장벽을 찾아보았다. 한참을 두리번거린 뒤에야 지평선 너머에 희미하게 보이는 회색 장벽을 찾을 수 있었다. 그는 저 멀리 떨어진 장벽을 보니 자신이 얼마나 멀리 왔는지 실감이 났다.

그때, 아흐마드가 헛기침하며 말했다.

"흐흠, 나에게 줄 것이 있을 텐데?"

하딤이 그의 의중을 알아채고 배낭 깊숙한 곳에서 봉투를 꺼내 건넸다.

"사미르가 이 정도 돈이면 충분하다고 했소."

아흐마드는 봉투를 받아들고 돈을 세 보더니 인상을 팍 썼다.

"내가 운송료 올랐다고 분명히 말했을 텐데! 사미르 이 짠돌이 같은 녀석!"

아흐마드는 못마땅한 듯 핸들을 내려치다가, 이내 어쩔 수 없다는 듯 어깨를 으쓱하며 말했다.

"뭐, 여기서 화내 봐야 소용없지. 당신 탓은 아니니까."

그러고는 씩 웃으며 차에 타라는 손짓을 했다.

하딤은 왠지 아흐마드가 못 미더웠지만, 그렇다고 다시 터널로 돌아갈 수도 없었다. 하는 수 없이 차 뒷좌석에 올라타자, 이미 시동이 걸려 있던 차는 요란한 엔진 소리를 내며 출발했다.

그는 창문에 팔 하나를 걸치고는 끊임없이 펼쳐지는 창밖 풍경을 바라봤다. 낮은 구름 아래로 펼쳐진 황량한 들판에는 간간이 구조물들이 설치돼 있어, 이곳에 사람이 살고 있다는 것을 짐작게 했다.

창밖 풍경은 가자 지구 국경 쪽 모습과 크게 차이가 나지 앉았지만, 풍겨 나오는 분위기는 무언가 달랐다. 그곳엔 벼랑 끝까지 내몰린 듯한 막막함이 있다면, 이곳은 더할 나위 없이 평화롭고 고요하기만 했다.

하딤은 창문을 닫은 뒤, 시트에 머리를 기대고는 눈을 감았다. 터널을 걸어오느라 쌓인 피로가 한꺼번에 밀려왔다.

그는 눈을 감은 뒤 아흐마드에게 말했다.

"아흐마드 씨, 잠시 눈 좀 붙이겠습니다. 도착하면 깨워 주세요."

"그래, 한숨 자 두는 게 좋을 걸세. 시내까지 가려면 한참 걸리거든."

아흐마드는 그렇게 말하고, 백미러로 하딤을 바라봤다.

하딤은 더없이 평화로운 얼굴로, 긴 속눈썹을 늘어뜨린 채 이미 깊은 잠에 빠져 있었다.

"도착했네. 일어나게."

아흐마드가 하딤을 흔들어 깨웠다. 잠에 취해 있던 하딤은 눈을 반쯤 뜨고, 정신을 차리려는 듯 고개를 흔들며 창밖을 내다봤다.

깨끗하게 정돈된 거리에 늘어져 있는 가로수, 그 사이를 비키니 차림으로 걸어 다니는 여자들. 이곳은 하딤이 이르러야 할 목표지, '이스라엘의 도시'가 분명했다.

그는 짧게 기지개를 켜곤, 배낭에서 곱게 접어진 정장을 꺼내 갈아입기 시작했다.

그때 아흐마드가 뒷좌석으로 몸을 돌리며 말했다.

"조언 하나 해도 되겠나?"

하딤이 고개를 끄덕이자 아흐마드가 말을 이었다.

"누가 자네에게 말을 걸면, 외국인인 척하게나. 그리고 아무 말 하지 말게."

아흐마드가 잠시 뜸을 들이더니 약간은 긴장된 목소리로 말했다.

"그리고 되도록이면…… 아이들은 피해 주게."

그의 떨리는 목소리를 들은 하딤은 불쾌한 기색을 보이더니, 배낭에서 작은 서류 가방 하나를 조심스레 꺼내곤 아무 말도 없이 차에서 내렸다.

아흐마드는 사이드미러로 멀어져 가는 하딤을 지켜보다가, 이내 주차장을 빠져나갔다.

하딤은 한 손에 서류 가방을 든 채 도보를 따라 걸었다. 정장을 말끔하게 차려입은 탓인지 아무도 자신을 의심하지 않는 것 같았다. 오히려 다정한 시선을 보내는 이스라엘 여성들도 있었다.

가자 지구를 떠나기 전 열린 회의에서, 하딤은 많은 설명을 듣지는 못했다. 그저 사람이 많은 곳이나, 군인들이 가득한 곳에 가서 '임무'를 실행하라고만 들었다.

발길 가는 대로 걷던 그는 한 식당 앞에 멈춰 섰다. 한눈에 보기에도 고급스러운 레스토랑이었다. 식당 안 종업원들은 분주하게 음식을 나르고 있었고, 식사하는 손님들은 모두 유니폼이라도 맞춘 양 정장을 빼입고 있었다.

하딤은 레스토랑 안에 들어가는 상상을 해 보았다.

그가 식당에 들어가 서류 가방을 여는 순간, 화약이 폭발하며 안에 들어 있던 못이나 베어링 같은 작은 쇳덩어리들이 식당 안에 있는 사람들의 몸을 관통할 것이다. 사각지대에 있던 몇몇은 살아남겠지만, 대부분은 피바다가 된 바닥에 쓰러진 채 신음하다 구급차가 오기도 전에 사망할 게 분명했다.

그의 몸에서 식은땀이 흘렀다. 잠시 후, 심호흡을 하고 식당 문의 문고리를 잡았다. 문이 반쯤 열리자 사람들이 웅성거리는 소리가 더 선명하게 들렸다.

머뭇거리는 찰나, 누군가가 바지 자락을 잡아당기는 게 느껴졌다. 아래를 내려다보니 일곱 살 정도 돼 보이는 여자아이가 하딤을 큰 눈으로 올려다보고 있었다.

호기심 가득한 표정으로 하딤을 유심히 훑어보던 소녀는 자기네 말로 뭐라 뭐라 말했다.

소녀의 말을 알아듣지 못한 하딤이 문고리를 잡은 채 멍하니 서 있자, 소녀는 한숨을 쉬며 그의 손을 가리켰다. 그제야 하딤은 말뜻을 알아채고, 문을 열어 소녀가 들어갈 만큼의 공간을 내줬다.

소녀는 식당에 달려 들어가 식사를 하고 있는 한 중년 남성의 품에 덥석 안겼다. 무언가에 홀린 듯 소녀에게 시선을 떼지 못하던 하딤은, 얼마 지나지 않아 얼굴이 창백해지고 손발이 파르르 떨렸다. 마음 약해지지 않으려고 총에 맞아 처참하게 죽은 아내를 떠올렸지만, 도무지 아무런 행동도 할 수 없었다.

그때 카운터에서 헛기침 소리가 들렸다. 정신을 차리고 카운터 쪽을 바라보니, 직원이 팔짱을 끼고 의아하게 쳐다보고 있었다. 하딤은 멋쩍어하며 잡고 있던 문고리를 놓고는 황급히 식당에서 벗어났다.

그는 정처 없이 발걸음을 옮겼다. 지나가는 사람들의 얼굴을 차마 바라볼 수 없었다. 그저 묵묵히 땅만 보고 터벅터벅 걸었다.

그렇게 하염없이 걷던 그는, 무리 지어 서 있는 군인들을 보고는 걸음을 멈췄다.

대부분 하딤의 나이 또래로 보이는 막 입대한 신병들이었는데, 어깨에 총을 짊어진 채 버스를 기다리고 있었다.

하딤은 가슴에 조여 오는 압박을 느끼며 조용히 군인들 뒤에 섰다.

멀리서 버스가 보이자 군인들이 휴대폰에서 눈을 떼고 오를 채비를 했다. 이윽고 버스가 서자 한 명씩 올라탔다. 하딤도 군인들을 따라 서툴게 요금을 내고 버스에 올랐다.

버스에 앉은 승객들을 보니 대부분 군인들이었다. 군복을 입지 않은 사람은 자신을 제외한 젊은 여성 한 명과 버스 기사뿐이었다.

그는 중간쯤에 앉은 군인 옆에 자리가 비어 있는 것을 확인하곤, 그 자리에 앉았다. 옆에 앉은 군인을 슬쩍 훔쳐보니, 흙먼지 범벅이 된 군복보다 더 눈에 들어왔던 건 그가 보물처럼 두 손에 꼭 쥐고 있는 올리브 가지였다. 앳된 얼굴의 군인은 알 수 없는 희미한 미소를 지으며, 올리브 가지를 이리저리 돌려보고 있었다.

하딤은 그에게서 시선을 떼고 서류 가방을 바라보았다. 갑자기 이유를 알 수 없는 울렁거림이 느껴졌다. 그는 서류 가방을 무릎에 올려놓고, 자책하듯 미간을 찌푸렸다.

그런데 버스가 갑자기 급정거하며 갓길에 멈춰 섰다. 버스 문이 열리자, 시끄러운 고함과 함께 헌병으로 보이는 군인들이 한 무더기 올라탔다.

하딤은 잔뜩 긴장한 채 **뻣뻣**하게 굳은 손으로 서류 가방을 꽉 움켜잡았다.

그때였다. 그의 옆에 있던 군인이 버스 창문을 통해 밖으로 뛰어내렸다. 순식간에 벌어진 일이었다. 그러자 버스에 있던 헌병들이 소리를 지르며, 황급히 버스 밖으로 나갔다.

버스에서 뛰어내린 군인은 다리를 절뚝이며 도로 밖으로 달려갔다. 하지만 지프에서 대기 중이던 헌병들에게 곧 붙잡히고 말았다. 양팔이 붙잡힌 채 지프 쪽으로 끌려가는 그를 보고, 버스에 타고 있던 군인들이 축구 경기를 보는 관중처럼 환호성을 질러댔다.

헌병들에게 끌려가던 탈영병은 고개를 뒤로 젖히곤 무언가를 원하는 듯, 간절한 눈빛으로 하딤을 바라보고 있었다. 하딤은 그가 자신을 보는 것인지 긴가민가했지만, 지프에 올라탄 후에도 탈영병은 창문으로 하딤을 보고 있었다.

하딤이 어찌할 바를 모르고 있던 그때, 탈영병이 앉았던 자리에 올리브 가지가 놓여 있는 것을 발견했다. 그는 올리브 가지를 탈영병이 볼 수 있게끔 높이 쳐들었다. 탈영병은 기적이라도 본 것 같은 표정을 지으며, 눈물을 뚝뚝 흘렸다. 마치 아이 같은 모습이었다.

얼마 지나지 않아, 버스 밖에서 이 광경을 죽 지켜보던 장교가 미소를 지으며 버스에 올라탔다. 그는 몇 마디 내뱉더니 앞좌석에 있는 군인을 격려하며 악수를 했다.

장교가 차례차례 군인들에게 악수를 권하며 점점 하딤 쪽으로 다가왔다. 하딤의 심장이 터질 듯이 세차게 뛰었다.

제발 군복을 입지 않은 자신을 장교가 지나치길 바라며 애써 시선을 외면했지만, 장교는 하딤의 코앞까지 다가와 무어라 말했다.

하지만 그가 말 한마디 못하자 장교는 의심스러운 눈초리로 따지듯이 소리 질렀다.

온몸에 식은땀을 흘리며 아무 말도 하지 못하는 하딤을 보고, 장교는 그의 팔을 억지로 붙잡으려고 했다.

그러자 하딤은 장교를 밀어 쓰러뜨려 버리고는, 서류 가방을 꼭 끌어안은 채 의자 밑으로 몸을 웅크렸다.

곧바로 장교의 호통과 함께 헌병들이 빠르게 버스에 올라타는 소리, 장교가 권총의 노리쇠를 당기는 소리가 귓가에 들렸다. 그는 모든 것을 체념한 채, 죽은 아내와 파라를 떠올리며 눈을 감았다.

그때 헌병이 하딤의 발목을 붙잡으며 잡아끌었다. 마지막 순간까지도 가장 그리워하는 이들을 만나지 못하게 된 하딤은, 울분에 차 괴성을 토해 냈다.

괴물에게서나 들을 만한 기이한 괴성을 들은 헌병은 깜짝 놀라 잡고 있던 그의 다리를 놓았고, 다른 군인들 모두 당황한 듯 얼어붙어 있었다.

하딤은 짐승처럼 버스에 엎드린 채 증오가 가득한 눈빛으로 군인들을 올려다보았다. 더 이상 전과 같은 감정은 들지 않았다.

그의 품에 꼭 들려 있던 서류 가방이 열렸다.

10장

1942년 2월 17일

아빠의 손목시계가 고장 난 이후로, 우리는 정확한 시간을 알 수가 없어. 그저 통금 사이렌이 울리면, 저녁쯤이겠거니 생각하며 바로 잠들려고 노력해. 피아니스트는 어떻게 됐는지 감감무소식이고, 클럽하우스도 쥐죽은 듯 조용하단다.

낮에는 창고 문에 귀를 대고 있다가 아무 소리도 나지 않으면 문을 활짝 열어 환기도 시켜놔. 뭐, 언제 누가 들어올지 몰라 항상 불안하지만 말이야.

최근에는 아빠가 등유를 아끼는 방법을 생각해 냈지 뭐니. 바로, 올리브 오일을 이용해서 불을 밝히는 거야. 주방에서 가져온 유리병에 올리브 오일을 채우고 줄을 꼬아 만든 심지를 꽂아 넣으면, 꽤 쓸 만한 올리브 등불이 완성된단다.

솔직히 호롱불보다는 밝기가 덜하지만 어두컴컴한 지하실에서 일기도 쓰고 가족들의 얼굴도 볼 수 있다면, 그걸로 충분한 것 아니겠니?

1942년 2월 18일

왜인지 모르겠지만, 어제 하루 종일 수도에서 물이 나오지 않았어.

다행히 오늘 아침부터 물이 나왔지만 아빠는 조바심이 난 모양인지, 최악의 상황에 대비해야 한다며 물을 저장해 놓자고 하시더라. 우리 가족들은 아빠가 시키는 대로, 담을 만한 모든 그릇에 물을 채워 지하실로 옮겼어.

실은 아빠 말이 맞아. 식량은 없어도 어떻게든 버틸 수 있지만, 물 없이는 나흘도 버티지 못하는 게 인간의 몸이라고 과학 시간에 배웠거든.

수도가 끊기면 빗물을 받아 마셔도 되겠지. 하지만 매일 비가 오는 건 아니잖니?

오늘은 일단 여기까지만 쓸게. 엄마가 비운 와인 병에 물을 채워 지하실로 옮기느라, 다리가 욱신거려 앉아 있지도 못하겠거든.

1942년 2월 19일

오늘 아침 아빠가, 밖에 나가서 식량을 구해와야겠다고 말씀하셨어. 우리가 사는 지하에 와인은 아직 많으니까, 암시장에서 식량과 교환하면 될 것 같다고 하시는 거야.

먹을 것 대신 술을 교환하다니! 나는 터무니없는 소리라며 아빠에게 나가지 말라고 말씀드렸지만, 아빠는 내 만류에도 와인 몇 병을 외투에 숨기시곤 식당 밖으로 나가셨어.

아빠가 나가고 엄마와 나는 초조하게 아빠를 기다렸는데, 생각보다 빨리 돌아오시는 거야.

아빠는 의기양양하게 말씀하셨어.

"아디나, 네가 틀렸단다. 사람들은 지금 그 어느 때보다 술을 필요로 하더구나."

말씀을 마친 아빠가 외투 안을 털어내자 일주일은 배불리 먹을 만한 양의 음식들이 쏟아졌어.

식량이 거의 다 동났기에 아빠가 술과 바꿔온 음식들은 가뭄의 단비 같지만, 나는 여전히 이해가 가질 않아.

음식과 술을 교환하다니, 배고픈 게 제일 고통스러운 것 아니었어?

1942년 2월 22일

며칠 전부터 와인을 품속에 숨기고 암시장을 다녀오던 아빠가 오늘은 웬일인지 오랫동안 기다려도 오시지 않았어.
 엄마와 내가 거의 울기 직전이 돼서야 아빠가 돌아오셨는데, 얼굴이 온통 멍투성이였어. 게다가 외투에는 핏자국까지 보이는 것 있지.
 우리는 깜짝 놀라 아빠에게 무슨 일이냐고 물었어. 아빠가 자초지종을 말씀해 주셨는데, 요즘 귀한 술을 파는 남자가 있다는 소문이 질 나쁜 사람들의 귀에도 들어간 모양이래.
 집에 돌아오던 아빠는 그 질 나쁜 사람들이 따라오는 것을 눈치채고, 따돌리려고 하다가 식당에서 멀리 떨어진 골목길에서 몸싸움을 벌였대.
 아빠 말로는 그들을 엎어뜨린 뒤 따돌렸다는데, 나는 왠지 아빠 옷에 묻은 커다란 핏자국이 마음에 걸려. 하지만 왠지 물어서는 안 될 것 같은 생각이 들어, 아빠가 무사해서 다행이라고만 말씀드렸어.

1942년 2월 23일
 개 짖는 소리에 우리 가족들은 모두 잠에서 깼어.
 이내 억센 억양의 독일말과 식당 문 열리는 소리가 나더니, 머리 위로 여러 사람의 발소리가 들렸어.
 우리 가족은 깜짝 놀라 한 데 모여 숨죽인 채 있었는데, 한 발소리가 점점 가까워지더니 창고 문 앞에 멈춰 섰어.

아빠와 엄마, 그리고 나는 서로를 꼭 껴안았어. 다들 말은 없었지만 마지막 순간일지도 모른다는 생각을 했어.

창고를 잠근 빗장이 들리고 문이 열리려는 순간, 부엌 쪽에서 미친 듯이 개가 짖어댔어. 군인은 창고 문을 열다 말고, 부엌 쪽으로 달려가더구나.

바로 옆에 심장이 있는 듯, 쿵쿵 울리는 심장 소리가 귀까지 들렸어. 아빠는 마른 침을 삼키며 엄마와 내 몸을 더 꽉 껴안으시더라. 그런데 그때, 또다시 빗장 들리는 소리가 났어.

나는 너무 무서워서 온몸이 얼어붙는 것 같았어. 엄마의 몸은 이미 뻣뻣하게 굳어서 아무 미동도 없으셨지. 혹시 엄마가 너무 놀라 어떻게 된 건 아닐까 확인하고 싶었지만, 손 하나 까딱할 수 없었어.

이윽고 창고 문이 열렸고, 군화 밑창 특유의 커다란 발걸음 소리가 났어. 군인은 여기저기 두드려 보더니 독일말로 무어라고 말했어. 창고 여기저기를 발로 차는 소리가 또다시 들렸고, 나는 신께 기도했어. 제발 우리 가족을 살려 달라고……

얼마쯤 지났을까. 다행히 군인은 소득 없이 창고 밖으로 나갔어. 안도의 숨조차도 내쉬지 못하고 우리는 소리가 완전히 사라지고 난 후에도, 서로를 껴안은 채 오래도록 떨고 있었어.

그날 하루 꼬박 어떻게 시간을 보냈는지 몰라. 망치질하는 소리가 들리고 또 몇 시간이 흐른 듯했지만, 가족들은 아무 말도 하지 못했어.

다음 날 새벽 일찍 아빠가 식당 위로 조심스레 나가 보았는데, 글쎄 창문과 문 모두가 못 박아져 있더래. 바깥에서 막아 놓은 거라 안에서 뜯어내면 큰 소리가 날 거라며, 절망적인 표정을 지으셨어.

우리 가족은 이제 어떻게 하지?

독 안에 든 쥐가 된 기분이야…….

1942년 2월 25일

꼼꼼하게 남은 음식들을 세 보았어.

배는 고프겠지만 평소 먹던 양의 절반 정도만 먹으면 한 달 정도는 버틸 수 있겠어. 그 이후에는 어떻게 해야 하느냐고 아빠에게 물으니 대답이 없으셨어.

엄마는 와인을 시도 때도 없이 마셔서 거의 하루 종일 취해 있어. 이 말은 쓰고 싶지 않지만 바닥에 실수도 하셨어. 환기도 안 돼 답답한데 정말 숨이 막혀.

아무 말도 없이 벌건 얼굴로 와인만 들이마시는 엄마가

너무 안타까워. 하지만 조금은 이해가 가기도 해.

1942년 2월 28일

어쩌면 좋지? 그저께부터 수도가 끊겼어.

아빠의 선견지명 덕분에 물을 미리 저장해 둬서 다행이지만, 계산을 해 보니 2주간 마실 양밖에 되지 않더구나. 심지어 샤워를 안 해도 말이야.

아빠가 술을 마시면 갈증이 심해진다며 엄마에게 더는 와인을 마시지 말라고 하자, 엄마가 욕설을 내뱉으며 눈에 보이는 물건들을 전부 집어 던졌어.

아빠는 어떻게든 엄마를 달래 보려고 말리다가 이내 포기하시고는 눈물을 글썽이셨어. 처음 보는 아빠의 눈물에 엄마가 역정 내는 걸 멈추곤, 말없이 아빠에게 다가갔어.

엄마는 아빠를 끌어안고서 조용히 쓰다듬더니, 갑자기 아이처럼 울음을 터뜨리셨단다.

1942년 3월 2일

요즘 아빠는 넋이 나간 것 같아. 엄마처럼 술을 마신 것도 아닌데 항상 눈이 반쯤 감겨서는 무기력하게 누워만 계셔. 엄마처럼 희망을 잃어버리신 걸까?

그렇지만 난 부모님과 달라. 식당 밖을 빠져나갈 방법을 찾았어.

식당 창고 뒤편에 낡은 의자들을 치워 보니 강아지가 드나들던 조그만 구멍이 있더라고. 얼핏 보니 나도 그 구멍을 통과할 수 있을 것 같더구나.

아빠에게 구멍을 통해 밖에 나가 식량을 구해 오겠다고 말했어. 나는 아빠가 불같이 화를 내실 줄 알고 긴장했는데, 의외로 아빠는 씁쓸한 미소를 짓더니 그렇게 하라고 하셨어.

일단 오늘은 이만 쓸게. 내일 식당을 나가려면 외투를 비롯해 준비할 게 많거든.

1942년 3월 3일

근심 가득한 부모님을 뒤로한 채 간신히 구멍을 빠져나갔어. 살이 잔뜩 빠졌으니 망정이지, 몇 달 전이었다면 구멍에 낀 채 옴짝달싹못했을 거야.

식당 밖에 나가자마자 몸에 묻은 먼지를 털어내고, 주위를 둘러봤어. 바깥 공기가 그렇게 좋을 줄 몰랐어.

숨 쉬는 순간순간이 너무 황홀해서, 그만 음식 구하는 것도 잊을 뻔 했단다. 아빠가 애타게 나를 부르며 와인 두 병을 건네주지 않았더라면, 숨 쉬는 데 계속 정신이 팔려 있었을 거야.

그러나 감동은 오래가지 않았어. 골목에서 나가자마자 본 거리는, 이전보다도 훨씬 끔찍했어.

죽은 사람들이 얼마나 많은지 내가 악몽을 꾸고 있는 것 아닌지 의심이 들었어. 굶어 죽은 사람들도 많았고, 또 어떤 여자는 얼마나 오래됐는지 몰라도 검게 부패된 아기 시체를 끌어안은 채 혼자 중얼거리고 있었어.

나는 그들을 애써 외면한 채 아빠가 말씀해 주신 암시장으로 걸어갔어. 정말이지 지옥 길이 따로 없더구나.

암시장에 도착해 아빠가 말한 뚱뚱한 아저씨를 찾으려고 주위를 둘러봤는데, 한 유대인 경찰이 눈에 들어왔어. 암시장에 있는 모든 사람들 중, 유일하게 그 사람만 뚱뚱했거든.

내가 전에 말한 적 있지? 나는 유대인 경찰을 싫어한다고. 그래서 동족을 학대하는 유대인 경찰에게 말을 걸어야 한다는 게 무척 꺼림칙했지만, 나를 기다리는 부모님을 생각하면 별수 없었어.

뚱뚱한 유대인 경찰에게 다가가 인사를 하고, 아빠가 적어준 쪽지를 건넸지. 그러자 유대인 경찰이 물건을 보여 달라기에, 주위를 조심스레 살피고는 품속에 있던 와인 두 병을 꺼내 바닥에 내려놓았어.

유대인 경찰은 와인들을 꼼꼼하게 살펴보더니, 나에게 따라오라는 눈짓을 보냈어. 그를 따라 조금 더 걸어가니 웬 창고가 나오더구나. 창고에 들어간 나는 그만 너무 놀라 탄식을 내뱉었어.

창고 안엔 소시지며 빵, 감자 같은 음식들이 한 무더기로 쌓여 있었는데, 우리 가족이 일 년은 배불리 먹고도 남을 양이었어.

유대인 경찰은 빵과 감자 중 한 가지만 고르라고 했는데, 나는 아빠가 시킨 대로 포대에 가득 찰 만큼 감자를 넣어 달라고 했어.

그러자 그는 우습다는 듯 날 바라보더니 자루를 빼앗아 감자를 절반 정도 채워 주더구나. 따져 봐야 소용없다는 걸 알고 있었고 또 무섭기도 해서, 군말 없이 자루를 받아들고 창고를 빠져나왔단다.

참, 오늘 안 사실인데. 음식이 든 자루를 들고 길을 걷는 건 정말 무모한 짓이야. 굶주린 사람들이 뚫어져라 바라보며 따라오더라고. 내가 길을 잘 알아 다행이지, 그 사람들을 따돌리지 못했더라면 음식을 죄다 뺏겼을 거야.

예전이었다면 동정심이 들어 감자 한 알씩 나눠줬겠지만, 지금 내겐 우리 가족이 가장 중요해. 우리 가족은 반드시 살아남을 거야.

파라는 시계를 바라봤다. 어느새 오후 3시가 다 돼 가고 있었다. 남은 페이지를 후딱 읽어 치우고 싶었지만, 너무 늦으면 아버지에게 혼날까 봐 그러지 못했다.
　야밀 선생이 준 자신의 사진 두 장을 책 사이에 꽂아 놓고는, 조심스레 책을 덮었다.

11장

학교를 마치고 집에 돌아오던 파라는, 집 앞에 낯선 사내들이 진을 치고 있는 것을 보고는 깜짝 놀랐다. 주춤거리며 집으로 들어가려는데, 남자들의 집요한 시선이 등 뒤에 내리꽂히는 듯했다. 애써 외면하며 현관문 앞에 다다른 순간, 엄마의 흐느끼는 목소리가 들렸다.

"젠장, 그럼 시신조차 수습할 수 없단 말이오?"

아버지의 목소리였다. 하지만 여느 때와 달리 조금은 불안한 목소리였다.

뭔가 이상한 낌새를 느껴, 반쯤 열린 현관문 사이로 부모님을 살펴보았다.

엄마는 쉴 새 없이 손수건으로 눈물을 훔치고 있었고, 아버지는 담배를 피우며 연신 깊은 한숨을 내쉬었다.

언제까지고 서 있을 수만은 없어 문을 열고 들어가니, 부모님의 시선이 파라에게 쏠렸다.

엄마는 붉게 충혈된 눈을 하고는 큰 소리로 울음을 터뜨렸고, 옆에 있던 아버지는 팔짱을 낀 채 말없이 파라를 바라보았다.

그때, 부모님의 맞은편에 앉아 있는 낯선 남자가 눈웃음을 지으며 말을 걸었다.

"네가 파라구나, 그렇지?"

파라는 얼떨떨한 표정으로 고개를 끄덕였다.

"오빠에게 얘기 많이 들었단다. 나는 하딤의 친구란다."

멍한 표정으로 듣고 있던 파라는, 순간 얼빠진 표정을 풀고는 물었다.

"하딤 오빠는 어디 있어요?"

파라의 질문을 들은 엄마는 더 큰 목소리로 울었고, 아버지는 그런 엄마의 어깨를 감쌌다. 하지만 엄마를 위로한다기보다, 자신이 쓰러질 것 같아 몸을 기댄 듯 보이기도 했다.

남자는 잠시 뜸을 들이더니 대답했다.

"하딤은 이제 순교자가 되어 천국에 있단다."

"천국이라면…… 하딤 오빠가 죽었다는 말씀이에요?"

그는 무표정한 얼굴로 천천히 끄덕였다.

파라는 다리에 힘이 풀려 그대로 주저앉아 버렸다. 눈에서 눈물이 뚝뚝 떨어졌다. 남자는 당혹스러운 표정으로 황급히 말했다.

"파라도 만났으니 저는 이제 그만 가 보겠습니다. 필요하신 게 있으면 연락주세요."

부모님은 그를 배웅하기는커녕, 쳐다보지도 않았다. 청년이 나가고 아버지는 다시 담배를 피워 대며 괴로운 듯 얼굴을 찡그렸고, 엄마는 계속해서 흐느끼며 울었다.

그런 부모님의 모습을 보니, 파라도 하딤 오빠가 죽었다는 게 조금씩 실감이 났다.

갑자기 손발이 자신의 것이 아닌 양 바들바들 떨렸다. 온몸에서 식은땀이 흘렀고 눈앞이 캄캄해져, 결국 정신을 잃고 말았다.

파라는 정신이 나간 중에도, 부모님의 손길을 느낄 수 있었다. 부모님은 파라를 들춰 안고 침대에 조심스럽게 눕혀 주었다. 눈을 뜨고 싶었지만, 반대로 마음 한편에서는 깨어나고 싶지 않다는 강렬한 욕구가 일고 있었다.

늦은 오후, 파라는 북적거리는 소리에 잠에서 깼다. 이웃사람들이 하딤이 죽었다는 소식을 듣고, 그를 애도하기 위해 음식을 가져다줬다. 다들 '자랑스러운 영웅'을 아들로 뒀다며,

부모님께 칭찬 한마디씩을 하고 갔다.

머리가 지끈거리는 와중에도 파라는 이해할 수 없었다. 오빠가 죽었는데 영웅은 무슨 소용이며, 왜 이렇게 다들 칭찬만 하는 걸까? 가까스로 울음을 그친 듯한 엄마 외에는, 아무도 울지 않는 것이 이상하게 느껴졌다.

이웃들이 음식을 내려다 놓고 간 후, 아버지가 말했다. 파라는 숨죽여 부모님의 대화를 엿들었다.

"방금 라디오에서 그러는데, 열다섯 명이 죽었다는군……"

"열다섯 명이라뇨?"

"하딤…… 그 녀석이 버스에서 폭탄을 터뜨린 모양이야. 군인 열두 명과 민간인 두 명……"

파라는 이 대목에서 하마터면 꽉 쥐고 있던 문고리를 놓을 뻔했다. 입을 틀어막고 놀란 눈을 하고서는, 다음 말을 기다렸다.

"그리고…… 승객 중 한 명은 임신부였다는군……"

아버지의 말이 끝나기가 무섭게 난데없이 천둥같이 큰 폭음이 귀를 때렸다.

아버지가 큰 소리로 파라를 향해 외쳤다.

"파라야, 방에서 나와라! 어서!"

파라는 자신이 기절한 척하던 것도 잊은 채 곧바로 방문을 열고 튀어나왔다. 아버지는 엄마와 파라를 끌어안고, 집 밖으로 달려나갔다.

이웃 주민들도 공포에 질린 얼굴로 소리를 지르며 모두 나와 있었다. 그때, 어디에선가 제트기 소리가 들렸다.

소리가 어느 방향에서 오는지 확인할 틈도 없이, 제트기는 저공 비행하며 파라의 머리 위를 빠르게 지나갔다. 이어서 '쿠쿠쿠쿵' 하는 굉음과 함께, 저 멀리 시내에서 커다란 불꽃이 피어올랐다.

마을 사람들이 우왕좌왕하는 사이 공습경보가 울렸다. 사이렌 소리는 멀어서 잘 들리지 않았으나, 미사일이 잇따라 만들어 내는 폭발음은 너무도 선명하게 들렸다.

이스라엘은 다음 날 새벽까지 포격했다. 다행히 파라의 집은 미사일이 떨어지는 곳과 거리가 있었기에 큰 피해는 없었지만, 부모님과 밤새도록 신경을 곤두세우며 불안에 떨어야 했다.

엄마는 하딤의 총 든 사진을 끌어안은 채, 포탄이 떨어질 때마다 몸을 움찔거렸다. 그녀의 안색은 파라가 보기에도 확연히 느껴질 만큼 새카만 흙빛으로 변해 있었다.

아버지는 텔레비전의 채널을 리모컨으로 이리저리 돌려보았으나 모두 먹통이었다. 그는 침착한 척했지만 눈빛은 불안했고 이따금 다리를 심하게 떨었다.

"개자식들!"

아버지가 소리쳤다.

"이건 사는 게 아니야…… 이건 그물에 걸려 죽기만을 기다리는 물고기 신세나 마찬가지야……"

엄마가 아버지에게 눈치를 주며 말했다.

"여보…… 파라가 듣잖아요."

아버지가 파라에게 눈길을 돌리며 말했다.

"미안하다. 파라야…… 정말 미안하다. 좀 더 나은 세상을 보여주고 싶었는데. 흑흑……"

처음 보는 아버지의 울음이었다. 아버지는 정말 아이처럼 울었다. 아버지가 슬퍼하는 모습에, 파라 역시 가슴이 찢어질 듯 아파 방으로 들어가고 말았다.

방문을 닫자 아버지의 울음소리는 더 이상 들리지 않았다. 하지만 멀리서 들려오는 폭발음은 멈추지 않고 계속해서 들려왔다.

파라는 책상머리에 엎드려 두 손으로 귀를 틀어막았다.

아무것도 듣고 싶지 않았다. 어떤 것도 보고 싶지 않았다.

불과 몇 달 사이에 파라가 사랑했던 존재들이 한둘씩 사라졌다.

이스라엘 사람들이 자기네가 살 아파트를 지으려고 카림 씨의 올리브 농장을 빼앗지 않았다면, 시위도 일어나지 않았을 것이다. 시위가 일어나지 않았다면 하딤의 아내가 총에 맞아 죽는 일도 없었을 것이다. 아내가 죽지 않았다면, 하딤 오빠 역시 살아 있었을 것이다……

파라는 난생처음으로 '증오'라는 감정을 느꼈다. 학교와 TV에서 이스라엘은 팔레스타인의 적이라며 그들에게 복수해야 한다고 귀가 닳도록 들었지만, 한 번도 그들을 미워한 적은 없었다.

그러나 지금 이 순간만큼은 그들에게 '복수'하는 것이 자신에게 하늘이 내린 '의무'인 듯 느껴졌다.

하지만 그런 감정도 잠시였다. 파라는 자신이 느낀 분노에 스스로가 깜짝 놀라 당혹스러운 표정을 지었다.

그러다 고개를 세차게 젓고는 책상에서 펜과 편지지 한 장을 꺼냈다.

펜을 잡은 지 얼마 되지 않아 밤새 빗발치던 폭음이 멈췄다. 지우고 쓰기를 몇 번이고 반복하니 아침 해가 떠올랐고, 그제야 파라는 만족스러운 미소를 지으며 편지를 정성스럽게 접어 외투 주머니에 넣었다.

방문을 열어 거실로 나가 보니, 부모님 모두 곤히 잠들어 계셨다. 두 분 모두 얼굴이 수척했다.

파라는 까치발을 하고서 현관 쪽으로 걸어가, 몸을 한껏 수그리며 조심스럽게 문을 열었다.

현관문이 반쯤 열리고, 뒤를 돌아보니 부모님은 서로에게 의지한 채 여전히 잠에 빠져 있었다. 부모님께 아무 말도 없이 나가는 게 왠지 미안했지만, 잠을 깨우기는 싫어 현관문을 조용히 닫았다.

주머니 속에 손을 넣어 밤새 열심히 쓴 편지를 매만지며, 학교로 발걸음을 옮겼다.

12장

"파라야, 여긴 웬일이니?"

교무실에서 홀로 침낭을 깔고 잠을 자던 야밀 선생이, 파라의 기척에 놀라 잠에서 깨어나 물었다.

"왜긴요? 학교 가는 날이라서 왔죠."

"이런…… 연락이 안 갔나 보구나. 당분간 학교는 휴교란다."

"왜요?"

야밀 선생이 어이없다는 듯 웃음을 터뜨렸다.

"파라야, 시도 때도 없이 미사일이 떨어지는데, 어떻게 수업을 하겠니."

"선생님은 왜 여기 계시는 거예요?"

"나는 시내에 살잖니. 지금 그곳에선 한창 전투가 벌어지고 있단다. 그래서 날이 어두울 때 간단한 물건만 챙기고는 여기로 도망 왔어."

이 모든 것이 오빠와 관련 있다고 생각한 파라의 얼굴이 어두워졌다.

"생각보다 상황이 심각한 모양이야. 그나저나 너는 여기 어떻게 온 거야? 부모님은? 어디 다친 데는 없지?"

파라가 우물쭈물 대답을 못 하자, 야밀 선생이 눈치를 살피며 조심스레 말했다.

"오빠 이야기는 들었단다. 정말 유감이구나……"

파라는 한동안 대답이 없다 어렵게 말을 꺼냈다.

"선생님…… 하딤 오빠가 도대체 왜 그랬을까요?"

멍하니 창밖을 바라보던 야밀 선생이 잠시 침묵하다 말했다.

"글쎄…… 아마 나름의 복수를 하려던 게 아닐까."

"하지만 다른 사람의 가족까지 죽였잖아요? 그 버스에서 죽은 사람들도 분명 가족이 있었을 거예요."

야밀 선생은 적절한 대답을 해주고 싶었지만, 답이 없어 보이는 문제에 답을 하기가 쉽지 않았다.

"시장 길을 통해 학교로 오는 게 좋았어요. 사람들이 열심히 사는 모습을 구경하는 게 재밌었죠. 하지만 한동안 그 길을 가지 못했어요. 그런데…… 이제는 영영 그 길을 갈 수 없네요. 하딤 오빠도, 하딤 오빠 아내도, 그리고 마을 사람들도…… 착한 사람들이 사라지고 있어요. 선생님, 저는…… 저는 정말 견딜 수가……"

그때였다. 총탄이 유리창을 깨고 순식간에 교실로 날아 들어왔다. 야밀 선생은 짧은 순간, 반사적으로 파라의 몸을 바닥에 눕히며 감싸 안았다. 오랫동안 총성이 들렸고, 파라는 야밀 선생의 품 안에서 바들바들 떨었다.

그런 파라를 다독이며 야밀 선생은 웃어 보였다. 그러나 그의 눈빛은 심하게 흔들려, 보는 이를 더 불안하게 만들었다.

잠시 후 총성이 잦아들었고, 야밀 선생은 천천히 고개를 들어 창문 밖을 내다봤다.

"이런, 세상에……"

"선생님, 왜 그러세요?"

"수위 할아버지가 학교 운동장 한가운데 쓰러져 있구나!"

"수위 할아버지가 총에 맞은 거예요?"

"아무래도 군인들이 빗자루를 무기로 오인한 모양이야. 일단 내가 데리고 오마. 절대 창밖으로 머리 내밀지 말고, 교탁 밑에 숨어 있어야 한다!"

말을 끝내기가 무섭게 야밀 선생은 계단으로 내려갔다.

1층 정문에 도착해 문틈 사이로 밖을 살펴보니, 군인들은 보이지 않았다. 그는 곧장 운동장을 가로질러 수위 할아버지에게 다가갔다.

눈을 감고 있는 수위 할아버지의 몸 아래로 피가 흥건했다. 야밀 선생은 곧장 맥박을 살펴봤지만 잡히지 않았다. 그가 심폐소생술을 하려고 자세를 취하는 순간, 갑자기 총탄이 날아왔다. 총탄은 야밀 선생의 어깨를 살짝 스치고 날아갔다. 하지만 이내 어깨를 불로 지지는 듯한 통증이 밀려왔고, 총탄이 스친 자리에서 피가 솟구쳤다.

그는 어쩔 수 없이 수위 할아버지를 놔두고 돌아갈 수밖에 없었다. 피가 흐르는 어깨를 부여잡으며 간신히 학교 안으로 돌아온 그때, 갑자기 땅과 건물이 덜덜거리며 흔들렸다.

야밀 선생은 직감적으로 탱크가 다가오고 있는 것을 알아채고, 파라가 있는 교실로 날아가듯 뛰어갔다.

그는 달리며 소리쳤다.

"파라야! 교실에서 나와!"

야밀 선생의 말이 끝나자마자, 웅장한 포성이 들렸다. 탱크에서 발사된 포탄은, 파라가 있는 2층 교실로 그대로 날아갔다. 폭발로 창가의 벽들은 힘없이 무너졌고, 수많은 잔해와 먼지들이 시야를 뿌옇게 했다.

갑작스러운 폭발과 폭음으로, 고꾸라진 야밀 선생의 귀에 이명이 울려 퍼졌다. 그는 가까스로 몸을 일으켜 세워, 흙먼지를 헤치며 다시 파라가 있는 교실로 향했다.

"파라야!"

분진 때문에 아무것도 보이지 않는 상태에서, 야밀 선생은 벽을 짚으며 애타게 파라를 불렀다.

무너진 잔해를 비집고 아직 무너지지 않은 계단으로 2층에 올라서자, 외벽이 반쯤 무너진 교실이 눈에 들어왔다.

칠판 한가운데는 구멍이 뻥 뚫려 있었고, 책상과 의자들은 천장에서 떨어진 잔해로 뒤덮여 있었다. 참담한 광경을 바라보는 야밀 선생은 가슴이 쿵 내려앉음과 동시에 형언할 수 없는 두려움이 밀려와 얼어붙었다.

"선생님……"

그가 얼이 빠져 있을 때, 부서진 칠판 앞 교탁 안에서 파라의 신음이 흘러 나왔다. 야밀 선생은 소리가 들리는 쪽으로 달려갔다. 그는 무릎을 꿇어 교탁 주변에 있는 잔해들을 치워 나가며 큰소리로 외쳤다.

"파라야! 파라야!"

그때 흙먼지에 뒤덮인 파라의 작은 손이 보였다.

야밀 선생은 교탁과 무너진 벽 틈 사이에 껴 있는 파라를 발견하고는, 조심스럽게 주변 잔해들을 들어냈다. 이윽고 의식을 잃어가는 파라가 보였다. 새빨간 피로 뒤덮인 파라의 얼굴을 보자, 그는 가슴이 너무 아파 눈물을 흘렸다.

하지만 몸 일부가 여전히 잔해에 파묻혀 있었기에, 이를 악물고는 몸을 덮고 있는 커다란 벽을 조심스럽게 치웠다.

벽이 들리자 파라의 몸 아래 고인 시커먼 피 웅덩이가 나타났다. 야밀 선생은 또다시 쿵 하고 내려앉는 가슴을 부여잡고, 파라에게로 다가갔다. 이미 온몸이 부서지고 찢겨 더 이상 가망이 없어 보였다.

"선생님……"

파라가 의식을 잃어가며 야밀 선생을 불렀다. 야밀 선생은 울음을 삼켜가며 대답했다.

"그래, 파라야! 선생님 여기 있어!"

그는 초점 없는 파라의 눈을 애써 마주하며, 떨리는 손으로 파라를 조심스럽게 쓰다듬었다.

"선생님…… 저 아직…… 아디나의 일기를 다 못 읽었어요……"

"파라야, 책은 나중에 읽으면 되니까……"

그는 차오르는 슬픔에 목이 멨다.

"선생님……"

"그래, 파라야…… 이야기하렴."

파라가 몸을 사시나무처럼 떨며 물었다.

"아디나는…… 죽었나요?"

야밀 선생은 파라에게 무어라 말할지 아찔해졌다. 지어낸

이야기대로 계속 거짓말을 해야 할까? 혹시 파라가 진실을 알고 있는 것 아닐까?

그가 눈동자를 굴리며 망설이고 있는 사이, 파라가 피를 한 움큼 토해내며 콜록거렸다.

야밀 선생은 황급히 자신의 옷소매로 파라의 얼굴에 흐르는 피를 닦아냈다.

파라가 야밀 선생 쪽으로 고개를 살짝 들더니 호소하듯 말했다.

"살아 있다면…… 지금쯤 할머니겠죠?"

"아디나 말이니?"

"네…… 저희 할머니는 제가 열 살 때 돌아가셨어요. 하지만……"

파라는 고통으로 말하기가 버거운지, 또다시 온몸을 부르르 떨며 작은 입술을 깨물어댔다.

"파라야! 정신 차리렴, 파라야!"

야밀 선생은 파라의 피범벅이 된 몸을 안지도 못하고, 안절부절못하며 소리를 질렀다.

울먹이며 그나마 온전한 손을 꼭 잡자, 파라가 간신히 고개를 옆으로 돌려 무어라 말하려는 듯 입술을 움직였다.

"주머니에……"

야밀 선생은 재빨리 파라의 외투 주머니를 뒤져, 편지지 한

장을 찾았다.

그러자 파라가 또다시 무어라 입술을 달싹거렸다. 더 이상 목소리를 내기도 버거운 모양이었다.

그는 파라의 입에 귀를 가져다댔다. 흙먼지와 선홍빛 피로 물든 입술에서 꺼질 듯 아주 희미한 음성이 새어 나왔다.

"그 편지를…… 아디나에게…… 전해 주시겠어요……?"

야밀 선생은 편지지를 조심스럽게 펼쳐보았다.

편지를 읽던 야밀 선생이 윗입술을 일그러뜨리더니, 낮은 흐느낌을 토해냈다. 결국 그는 참았던 눈물을 흘리며, 신음 섞인 울음소리를 냈다.

이를 지켜보던 파라는 야밀 선생의 눈물을 닦아주기 위해 손을 내밀고 싶었지만, 천근 바위가 몸에 얹어진 듯 옴짝달싹 할 수 없었다.

파라는 야밀 선생의 손을 꼭 잡아 쥐었다. 그러자 야밀 선생이 입술을 질끈 깨물더니 말했다.

"파라야, 아디나는…… 지금 미국에 살고 있단다. 연세가 있으셔서 건강이 좋지는 않으시지만, 분명 네 부탁을 들어주실 거야."

더는 대답할 힘도 없는지 파라는 아무 말이 없었지만, 초점 풀린 눈동자 아래 입가에는 미소가 고여 있었다.

조금씩 꺼져가는 파라의 숨소리를 들으며, 야밀 선생은 부드럽게 말했다.
"파라야, 걱정할 것 없단다. 잠시 잠드는 것뿐이야. 얼마 지나지 않아, 우리 파라는 다시 깨어날 거야……"
파라는 애정이 가득 담긴 눈을 들어 야밀 선생을 보고는, 나긋나긋한 목소리를 되새기며 지그시 눈을 감았다.

눈을 감자 순식간에 온 세상이 깜깜해졌고, 자신의 숨소리 외엔 아무 소리도 들리지 않았다.

배 아래에서부터 느껴지던 온몸의 뜨거움도, 몸을 덜덜 떨리게 하던 통증도 점차 사그라졌다.

감은 눈꺼풀 사이로 들어오던, 황금색 햇빛도 서서히 희미해졌다.

모든 감각이 사라진 지금 이 순간 파라가 유일하게 느낄 수 있는 건, 야밀 선생의 손에서 느껴지는 온기뿐이었다. 하지만 그 온기마저도 천천히 식어가고 있었다.
파라는 사라지는 온기를 붙잡기 위해, 마지막 기력을 다해 야밀 선생의 손을 힘껏 쥐고는 힘겹게 속삭였다.
"아디나..."

파라의 편지

안녕하세요, 아디나 씨.
저는 팔레스타인에 사는 파라라고 해요.
제가 있는 곳은 가자 지구의 조그만 시골 마을이에요.
부모님과 함께 살고 있지요.

하딤이라고 저보다 나이가 많은 오빠도 있었지만, 하딤은 어제
무고한 이스라엘 사람들과 함께 목숨을 잃었어요. 오빠 때문에
모두 세상을 떠난 거예요.
이웃 아주머니, 아저씨들은 오빠를 순교한 영웅이라며
치켜세우지만, 제가 생각하기에는 아니에요.

버스에 타고 있는
사람 중, 누구도 죽고 싶지 않았을 거예요.
항상 사람들에게 친절하던 오빠가 왜 그런 행동을 했는지 저는
잘 모르겠어요.
아무 죄 없는 이스라엘 사람들을 죽인다고 해서, 하늘나라로
간 새언니가 돌아오지는 않잖아요.
어젯밤부터 계속해서 폭발음이 들려오고 있어요.
오빠가 아무 죄 없는 이스라엘 사람들을 죽여서, 이스라엘
사람들이 팔레스타인 사람들에게 미사일을 날리고 있어요.

사실 저는 지붕에 미사일이 떨어질까 봐 두려워하며 사는
것보다, 평생 누군가를 미워하며 사는 게 더 끔찍해요.
이곳 가자 지구에서는 누구나 사랑하는 사람을, 이스라엘
군인들에게 잃은 경험이 있어요. 모두 이스라엘 사람들을
증오하고, 당한 것만큼 복수하고 싶어 하죠. 하지만 계속 이런
식이라면 죽고 죽이는 일은 끝도 없을 거예요.
제발 서로가 미워하지 않고 행복하게 살았으면 싶어요.

얼마 전에 저는 이스라엘 사람들을 만났어요. 저보다 몇 살 어린아이도 있었는데, 서로 말은 통하지 않았지만 저에게 참 친절했어요.
그렇지만 그 아이를 만나고 나서 걱정되는 게 있어요.
이스라엘은 남자든 여자든 모두 어른이 되면 군대에 간다고 하던데, 그 아이도 어른이 되어 군인이 된다면 절 죽이려고 총을 겨눌까요? 집에 오던 길에 만났던 군인 아저씨는 저를 살려주었는데 말이죠.

아디나 씨, 부탁드릴게요. 제발 전쟁을 멈춰 주세요.
제 말은 사람들이 듣지 않겠지만, 베스트셀러 작가인 당신의 말은 들을 거예요. 그러니 이스라엘 사람들과 팔레스타인 사람들 모두가 평화롭게 살 수 있도록 말씀해 주실 수 있나요?
이스라엘, 팔레스타인 모두가 이 땅을 원한다면 서로가 같이 쓰면 되잖아요.
땅을 빼앗은 뒤 거기에다가 아파트를 짓고 벽으로 막기보다는, 저희의 친절한 이웃으로 들어와서 함께 살 순 없나요?

아디나 씨가 일기장에다 이런 말을 쓰셨죠.
자유라는 건 잃어버리고 나서야 진정한 의미를 알 수 있는
거라고.
하지만 저는 태어날 때부터 장벽 안에서 살아서 진짜 자유의
의미를 모르겠어요.
언젠가 저도 진정한 자유의 의미를 알 수 있겠죠?

샬롬. 아디나

P.S 아직 일기장을 다 못 읽었지만, 몇 장 안 남았어요!
곧 다 읽도록 할게요!

작가의 말

14년 전, 우연히 보게 된 기사 하나가 마음을 어지럽혔다. 화염과 폭탄을 피해 전력을 다해 도망가는 아랍인 남성의 모습이 보였다. 사진보다 더 눈에 들어왔던 건 사진에 대한 설명 글이었다. 'UN 학교에 떨어지는 이스라엘 폭탄을 피해 도망가는 남성.'

학교라니……. 혼란스러워 다른 기사를 찾아보니, 이번에는 하얀 실타래가 여러 줄기로 나뉘어 땅에 떨어지는 사진을 발견했다. 실타래의 이름은 '백린탄'. 백린탄은 화학 물질이 몸에 붙으면 살점 안까지 파고드는 무시무시한 위력으로, 국제법상 사용이 금지된 폭탄이다.

이 끔찍한 폭탄을 피해 도망가는 사람들, 무너진 건물 잔해 속에서 발견되는 죽은 아이들……. 지구 반대편에서 '학살'이 일어나고 있었다. 전쟁의 참혹함과 잔인함에 머리가 어지러웠다.

정말 종교가 다르다는 이유로 전쟁을 하는 걸까? 왜 이스라엘에는 피해가 거의 없는 걸까? 서로 전쟁을 하는데, 언론은 왜 팔레스타인만 비난할까? 모든 게 의문투성이였다. 조금 더 자료를 뒤져보니, 어느 정도 궁금증이 해결됐다.

그들의 싸움은 종교가 아닌 영토 분쟁에 가까웠다. 팔레스타인 사람들이 원래 자기네 땅이었던 영토를 되찾기 위해 이스라엘과 매일같이 싸우는 것이다. 잠깐이나마 평화로운 날도 있었지만, 이스라엘의 무자비한 보복에 팔레스타인 인들은 다치거나 목숨을 잃었다. 이스라엘의 악행을 보며 분노로 치가 떨렸지만, 당시에는 할 수 있는 일이 없었다.

이후로 시간이 많이 흘러 우리는 성인이 됐다. 그러나 여전히 고통받는 팔레스타인 인들을 적극적으로 도울 방법은 없어 보였다. 정말 그럴까? 제국주의 시대, 강대국 사이에 끼어 옴짝달싹 못 하던 한국. 그 안에서 헐벗은 채 고통받던 우리 국민의 모습이, 팔레스타인 사람들의 모습과 똑 닮았다는 생각이 들었다. 마냥 손 놓고 있을 순 없어 그들의 이야기를 쓰기로 했다.

  단, 누구의 편이 아닌 그들 모두의 상처를 책에 담고 싶었다. 강대국이 우리나라를 짓밟았다고 해도, 당시 강대국 사람들 모두가 나쁜 건 아니었다. 그들 중에는 분명 전쟁을 싫어하고, 평화를 간절히 바라는 사람도 있었을 것이다.

  이스라엘 역시 마찬가지다. 모든 이스라엘 사람들이 나쁜 건 아닐 터. '파라'와 '아디나'는 이러한 생각에서 탄생했다. 이 책을 통해 팔레스타인 인들의 아픔이 한 사람에게라도 더 많이 전해지길 바란다. 아울러 과거에는 피해자였던 아디나처럼 이스라엘 사람들도 자신들의 뼈아픈 과거를 돌아보면서, 조금 더 따스한 눈빛으로 팔레스타인 사람들을 바라봐 주었으면 더 바랄 게 없겠다.

박 건, 윤태연

참고 자료

* 《팔레스타인》조 사코 저, 함규진 역, 글논그림밭, 2002.
  작가가 팔레스타인에 체류하며, 가자 지구의 실상을 취재한
  그래픽노블이다.

* 《울지마 팔레스타인》, 홍미정, 서정환, 시대의창, 2016.
  팔레스타인이 이스라엘에 땅을 강탈당하는 과정을 상세히
  보여주는 책이다.

* 《아! 팔레스타인》원혜진, 여우고개, 2013.
  국내 작가가 팔레스타인의 실상을 직접 취재하고 그린
  그래픽노블이다.

* 《엑시트 운즈》루트 모단 글·그림, 김정태 역, 휴머니스트, 2009.
  이스라엘인의 시점에서 이스라엘과 팔레스타인 간의 분쟁을
  조명한 그래픽노블이다.

* 《팔레스타인 현대사》 일란 파페 저, 유강은 역, 후마니타스, 2009.
  이스라엘과 팔레스타인 간의 분쟁을 객관적으로 설명하는
  역사서.

* 《굿모닝 예루살렘》 기 들릴 글·그림, 해바라기 프로젝트 역, 길찾기,
  2012.
  유대인과 아랍인들이 공존하는 문제의 땅 '예루살렘'을 솔직하게
  담아낸 그래픽노블이다. 이스라엘과 팔레스타인 간의 분쟁을
  객관적으로 설명하는 역사서.

* 《쥐》 아트 슈피겔만 글·그림, 아름드리미디어, 2014.
  작가 자신의 아버지가 겪었던 일을 바탕으로 한 그래픽노블로,
  2차 세계대전 당시 유대인이 겪은 고통을 다루고 있다.

* 《The Librarian of Auschwitz》, Antonio Iturbe, Henry Holt and
  Co., 2017.
  아우슈비츠 도서관 서기였던 소녀가 실제 겪었던 이야기를
  바탕으로 한 소설.

* 《Five Broken Cameras》 (2011)
  웨스트 뱅크에 살고 있는 주민이 직접 카메라로 팔레스타인의
  실상을 담은 다큐멘터리이다.

* 〈천국을 향하여(Paradise Now)〉 (2005)
  자살폭탄 테러를 준비하는 팔레스타인 청년들에 관한 내용을
  담은 영화이다.

* 〈안네의 일기(The Diary of Anne Frank)〉 (2009)
 《안네의 일기》를 바탕으로 가장 최근에 만들어진 영화이다.

* 〈제이콥의 거짓말(Jakob the Liar)〉 (1999)
 2차 세계대전 당시 바르샤바 게토 안에 갇혀 생활하는 유대인들의 이야기를 다룬 영화이다.

* 〈바시르와 왈츠를(Waltz with Bashir)〉 (2008)
 이스라엘군의 샤틸라 학살에 대한 기억을 찾아가는 감독의 경험을 애니메이션으로 만들었다.

* 〈Disturbing the Peace〉 (2016)
 팔레스타인과 이스라엘 사람들이 직접 자신의 경험을 얘기한 다큐멘터리이다.

올리브 가지를 든 소녀

1판 1쇄 | 2019년 4월 18일
1판 2쇄 | 2020년 10월 5일

지은이 | 박 건·윤태연
펴낸이 | 조재은
편집부 | 김명옥 육수정
영업관리부 | 조희정 정영주

펴낸곳 | (주)양철북출판사
등록 | 2001년 11월 21일 제25100-2002-380호
주소 | 서울시 마포구 양화로8길 17-9
전화 | 02-335-6407   팩스 | 0505-335-6408
전자우편 | tindrum@tindrum.co.kr
ISBN | 978-89-6372-295-5 03810   값 | 10,000원

편집 | 박선주   디자인 | 표지 형태와내용사이   본문 육수정

© 박 건·윤태연, 2019
이 책의 내용을 쓸 때는 저작권자와 출판사의 허락을 받아야 합니다.

잘못된 책은 바꾸어 드립니다.